yoshimoto takaaki

吉本隆明

わたしの本はすぐに終る

吉本隆明詩集

Kodansha Bungei bunko

目次

Ⅰ　定本詩集（Ⅳ、Ⅴ）／新詩集

ぼくが罪を忘れないうちに　一三
涙が涸れる　一六
抗訴　一九
少年期　二一
きみの影を救うために　二三
異数の世界へおりてゆく　二六
挽歌　二九
少女　三三
悲歌　三五
反祈禱歌　三九
戦いの手記　四四
明日になつたら　四七
日没　五〇
贋アヴァンギヤルド　五四
恋唄　五六
恋唄　五八
二月革命　六〇
首都へ　六三
恋唄　六六
〈韋駄天〉　六九

〈亡命〉 七一
〈運河のうへの太陽の歌〉 七三
時のなかの死 七五
孤独の幼女 八六
死者の埋められた砦 八九
佃渡しで 九五
この執着はなぜ 九八
告知する歌 一〇一

Ⅱ 新詩集以後

太陽と死とは 一四七
詩人論 一五二
瞬時 一六六
秋の暗喩 一六九
〈演技者の夕暮れ〉に 一一六
〈おまえが墳丘にのぼれば〉 一二〇
〈農夫ミラーが云つた〉 一二三
〈五月の空に〉 一二八
〈たぶん死が訪れる〉 一三一
帰つてこない夏 一三四
ある鎮魂 一三八
星の駅で 一四一
鳥をめぐる挿話 一七六
韻の少年 一八一
小虫譜 一八七
渚からの手紙 一九一

これに似た日　一九六
渇いたのどへ　二〇二
抽象的な街で　二〇五
古くからの旅籠　二〇九
海に流した自伝　二一三
木の根に帰る司祭　二一七
鳥の話　二二二
水の死　二二六
魚の木　二二九
本草譚　二三四
葉の声　二三七

Ⅲ　記号の森の伝説歌

Ⅰ　舟歌　二七一

字画の挿話　二三九
掌の旅（異稿）　二四二
「祖母」という樹　二四五
祖母の影絵　二四八
字の告白　二五一
余談　二五四
声の葉　二五七
深さとして　風のいろとして　二六〇
活字のある光景　二六三
活字都市　二六六

Ⅱ　戯歌　二七九

Ⅲ　唱歌　二九〇
Ⅳ　俚歌　三〇四
Ⅴ　叙景歌　三一七
Ⅵ　比喩歌　三四八
Ⅶ　演歌　三八六
あとがき　四〇二

Ⅳ　言葉からの触手

1　気づき　概念　生命　四〇七
2　筆記　凝視　病態　四一一
3　言語　食物　摂取　四一五
4　書物　倒像　不在　四一九
5　思い違い　二極化　逃避　四二三
6　言葉　曲率　自由　四二七
7　超概念　視線　像　四三〇
8　思考　身体　死　四三四
9　力　流れ　線分　四三八
10　抽象　媒介　解体　四四二
11　考える　読む　現在する　四四六
12　噂する　触れる　左翼する　四五〇
13　映像　現実　遊び　四五四
14　意味　像　運命　四五八
15　権力　極　層　四六一
16　指導　従属　不関《イナートネス》　四六五
あとがき　四六八

V　十七歳／わたしの本はすぐに終る

十七歳　四七三
わたしの本はすぐに終る　四七五
著者に代わって読者へ　ハルノ宵子　四八六
解説　高橋源一郎　四九〇
年譜　高橋忠義　五〇四

わたしの本はすぐに終る

吉本隆明詩集

Ⅰ　定本詩集（Ⅳ、Ⅴ）／新詩集

ぼくが罪を忘れないうちに

ぼくはかきとめておかう　世界が
毒をのんで苦もんしてゐる季節に
ぼくが犯した罪のことを　ふつうよりも
すこしやさしく　きみが
ぼくを非難できるような　言葉で

ぼくは軒端に巣をつくらうとした
ぼくの小鳥を傷つけた
失愛におののいて　少女の
婚礼の日の約束をすてた
それから　少量の発作がきて
世界はふかい海の底のやうにみえた

おお　そこまでは馬鹿げた
　きのふの想ひ出だ

それから　さきが罪だ
ぼくは　ぼくの屈辱を
同胞の屈辱にむすびつけた
ぼくは　ぼくの冷酷なこころに
論理をあたえた　論理は
ひとりでにうちからそとへ
とびたつものだ

無数のぼくの敵よ　ぼくの苛酷な
論理にくみふせられないやうに
きみの富を　きみの
名誉を　きみの狡猾な
子分と　やさしい妻や娘を　そうして
きみの支配する秩序をまもるがいい

きみの春のあひだに
ぼくの春はかき消え
ひよつとすると　植物のやうな
廃疾が　ぼくにとどめを刺すかもしれない
ぼくが罪を忘れないうちに　ぼくの
すべてのたたかいは　をはるかもしれない

涙が涸れる

けふから　ぼくらは泣かない
きのふまでのように　もう世界は
うつくしくもなくなつたから　そうして
針のやうなことばをあつめて　悲惨な
出来ごとを生活のなかからみつけ
つき刺す
ぼくらの生活があるかぎり　一本の針を
引出しからつかみだすように　心の傷から
ひとつの倫理を　つまり
役立ちうる武器をつかみだす
しめつぽい貧民街の朽ちかかつた軒端を
ひとりであるいは少女と

とほり過ぎるとき　ぼくらは
残酷に　ぼくらの武器を
かくしてゐる
胸のあひだからは　涙のかはりに
バラ色の私鉄の切符が
くちやくちやになつてあらはれ
ぼくらはぼくらに　または少女に
それを視せて　とほくまで
ゆくんだと告げるのである

とほくまでゆくんだ　ぼくらの好きな人々よ
嫉みと嫉みとをからみ合はせても
窮迫したぼくらの生活からは　名高い
恋の物語はうまれない
ぼくらはきみによつて
きみはぼくらによつて　ただ
屈辱を組織できるだけだ

それをしなければならぬ

抗訴

世界が昏くなると　ちいさな
坂道からみえる下宿屋の窓にあかりが
ともる　貧しい変質者の
貧しいくらしも　燃えつきる
ことはないのだ
世界にむかつてなされる
くぐもり声の　もどかしい抗訴も
をはることはないのだ
坂道のそばに咲くあじさゐの花
そこから洞窟のやうにおくふかくつながる
露路　わけのわからぬ仕事場から
変質者は窓へ

昇つてゆくだらう　そうしてはじめて
ぽつんと
疲れた　とか
ねむい　とか
抑圧された父系の遺伝にぞくする
言葉を　つぶやくだらう
わたしはねがう
世界ぢゆうがこの夜　かれの
つぶやきに耳をかたむけることを　かれの
破瓜病をいやすために
抑圧をやめることを　かれに
二十円くらいの晩餐をあてがつて恥ぢない
ものたちをつき倒すことを

少年期

くろい地下道へはいつてゆくように
少年の日の挿話へはいつてゆくと
語りかけるのは
見しらぬ駄菓子屋のおかみであり
三銭の屑せんべいに固着した
記憶である
幼友達は盗みをはたらき
橋のたもとでもの思ひにふけり
びいどろの石あてに賭けた
明日の約束をわすれた
世界は異常な掟てがあり　私刑《リンチ》があり
仲間外れにされたものは風に吹きさらされた

かれらはやがて
団結し　首長をえらび　利権をまもり
近親をいつくしむ
仲間外れにされたものは
そむき　愛と憎しみをおぼえ
魂の惨劇にたえる
みえない関係が
みえはじめたとき
かれらは深く訣別している

不服従こそは少年の日の記憶を解放する
と語りかけるとき
ぼくは掟てにしたがつて追放されるのである

きみの影を救うために

きみはいくつかの　物語の
ない街々をゆききして　ひよいとかわいた
通路の端から　孤独な貌をつきだす
そのとき　きみは窮迫した浮浪人だ
きみがたつている運河べりからは
すてられた少女と
やりきれない近親が
投身する　きみはきみが
まつたくこの世界とくひちがふのを
感じたとき　きみの
影をつき落したのだ

きみは塵芥のやうに　運河の底から　きみの
影を救ひあげる　ちぢみあがつた風
のなか　おどおどとしたビルの仕事場
鉄さびをかぶつたプラタナスの路　きみは
きみがゆくところで
責任のない猿ぐつわをかまされ
遺棄されたにんげんとして自由だ
きみの孤独
なりはひのかげのない所得《サラリイ》
モツブに似た言動　すなはちきみは
死人だ

一匹の魚を皿の真中で
つきくずしてゐるとき　きみは
生者の視線を耐えねばならぬ
きみがゆくところで
恐怖以外の表情できみをみつめる

少女と出遇はねばならぬ

異数の世界へおりてゆく

異数の世界へおりてゆく　かれは名残り
をしげである
のこされた世界の少女と
ささいな生活の秘密をわかちあはなかつたこと
なほ欲望のひとかけらが
ゆたかなパンの香りや　他人の
へりくだつた敬礼
にかはるときの快感をしらなかつたことに

けれど
その世界と世界との訣れは
簡単だつた　くらい魂が焼けただれた

首都の瓦礫のうへで支配者にむかつて
いやいやをし
ぼろぼろな戦災少年が
すばやくかれの財布をかすめとつて逃げた
そのときかれの世界もかすめとられたのである

無関係にうちたてられたビルディングと
ビルディングのあひだ
をあみめのやうにわたる風も　たのしげな
群衆　そのなかのあかるい少女
も　かれの
こころを掻き鳴らすことはできない
生きた肉体　ふりそそぐやうな愛撫
もかれの魂を決定することができない
生きる理由をなくしたとき
生き　死にちかく
死ぬ理由をもとめてえられない

かれのこころは
いちはやく異数の世界へおりていつたが
かれの肉体は　十年
派手な群衆のなかを歩いたのである

秘事にかこまれて胸を
ながれるのはなしとげられないかもしれないゆめ
飢えてうらうちのない情事
消されてゆく愛
かれは紙のうへに書かれるものを恥ぢてのち
未来へ出で立つ

挽歌

服部達を惜しむ

きみは証せ
或る死が　或る時ちいさな希望
かもしれない理由を
よせあう頰と喰べるパンが
なくなつたのではない
洗つた髪が脱けおちたのでもない
駈けつけた電話口が拒んだのでもない
しずかな　しずかな死が希望
かもしれない理由を

きみの失踪は昨日
揺れるこころできめられた　きみは

ほんとの虚栄とほんとの絶望のあいだで
ほんとの涙と
うその弔辞を拒んで去つた
肌ざむいきみの衣裳に
夕陽は　やさしく消え
風は　きみの魂を
背丈けよりもひくく眠らせた

きみは
時代が　眠りを拒み　毒死を惜んで
ちいさなノートの余白に
のこした約束をみつけられなかつたか
戦火にさらされ
戦火によつて死にそこなつたものに
無償の死は
いつもあこがれだつた　きみは
おぼえているか

かつてわれらの最後のイメージが
硝煙と業火のなかで描かれたことを

きみの
荒涼とした論理には
はにかんだ空白があった　いまそれは
ひとすぢの真昼の夢のように
われらの
たたかうべき果てに合流する

少女

えんじゅの並木路で　背をおさえつける
秋の陽なかで
少女はいつわたしとゆき遇うか
わたしには彼女たちがみえるのに　彼女たちには
きつとわたしがみえない
すべての明るいものは盲目とおなじに
世界をみることができない
なにか昏いものが傍をとおり過ぎるとき
彼女たちは過去の憎悪の記憶かとおもい
裏ぎられた生活かともおもう
けれど　それは
わたしだ

生れおちた優しさでなら出遇えるかもしれぬと
いくらかはためらい
もつとはげしくうち消して
とおり過ぎるわたしだ

小さな秤ではかれない
彼女たちのこころと　すべてたたかいを
過ぎゆくものの肉体と　抱く手を　零細を
たべて苛酷にならない夢を
彼女たちは世界がみんな希望だとおもつているものを
絶望だということができない

わたしと彼女たちは
ひき剝される　なぜなら世界は
少量の幸せを彼女たちにあたえ　まるで
求愛の贈物のように　それがすべてだそれが
みんなだとうそぶくから　そして

わたしはライバルのように
世界を憎しむというから

悲歌

きみは一九五三年秋
追われて巷の雑沓のなかにきえた
かれは一九五〇年夏
傷ついて戦列からはなれた

平和のなかのたたかいの死者よ
昨日と今日の澄んだ空のした
黒い帯のようにながれる群集がふと
路にたちどまつて
じぶんといつしよに衰えてきた時と人間を
運命のかたちでおもつたとき
きみたちは其処にいなかつた

すでに昨日の昨日
酷吏ににた冬の風に追いまくられ
あたりにただよう憎悪や疑惑をさむいなあ
とかんじながら
ひとりひとりひき剝されて
眼にみえない街へ
とおざかつていつた

理解はいつも侮蔑の眼ざしににている
無関心はいつもとざされた幸せのようにとおざかる
たとえひとりが薄く架けられた慕情の橋のこちら側で
還らないかもしれない出発を見送つたとしても
きみたちはふりむかなかつた
あの世界の愛は
きみたちを追うにひとしい
ことばもなく　おこないもなく

うずくまつたところで宿泊し
妄想をはらいのけるほどの仕種をして
時は過ぎていつた

きみたちは生きた
いくぶんか墓地ににた蔭の世界で
花のさかない雨のペイヴメントで
ちからのない微笑ににた陽のかげの下で
ふと風にふかれる枯草の夢のなかで
うとまれた記憶のさびしさで
あざむかれた傷口の
ざくろのような裂け目をなでて
きみたちは生きた
どうしたらにんげんを信じられるかを
じぶんに問いながら
はてしない繰言のように迫る
疑惑とむかいあつて

壁よりもふかい孤独の壁
屋根よりもおおう侮蔑の屋根の下で

けれどけれど
平和のなかのたたかいの死者よ
束の間にかわるものは　きみたちの骨を
碑にすることができなかつた
うそざむい文字によつてさえ　きみたちの
名を録することはできなかつた
あざむかれたあとで茫然とみている
群集の平安をくぐり捨て
小さないさかいとくらしの底にしずみ
ひとつの孤独　ひとつの妄想
あやふく耐えられた愛などをくみたてて
時代をここからあそこへ
うつすことに加わらねばならなかつた

反祈禱歌

地獄にも墓地にもかかわりなかつた　もちろん
花環のひとつもなく　弔辞にまつわる
涙もなかつた
むかし失策をした戦士がしたように
つぎつぎにうかんだ思想と夢とに訣れて
ただ茫然と生きるために死んだのだ

一九五三年きみは
戦士だつた　一九五五年いまきみは
浮浪人だ
かれをすてこれをとるか
これをすてかれをとるか

世界の掟てにそむいてきみは
かれもこれもすてた
おもく垂れさがつたきみのまぶたには
まつたく異つた世界の涙がたまる
疲れきつた手足には
鉛のような過去がきしむ
街は夢にみた街
草のうえに廃油をまき捨てに
よろよろしたきみの影が
小さなくぐり扉からでてくる　それが
きみの憧れのすがただ

疑惑はそれ澄んだ空のなか
平和はいまもだえ苦しんでいる
きみときみのまだ遇わない少女のこころで
花飾りのない契約のなかで
これ以上おちつこない価値のなかで

頭のうえだけ高くいれば
ひとびとは黙りこくつたくろい塊にみえる
足のさきだけ下にいれば
ひとびとは見あげられた塔のように不安そうだ
闘いついだ者たちは追われて
ひとりひとり首都の雑沓のなかに
よれよれの背をみせて消えてゆく
ひとびとは花咲かない荒野のように
きみを見送る
きみはかれらを蔑み
かれらはきみを捨てる
きみは袂れが
なにを意味するかをしらない　けれど
この道を暗殺者がとおり　つぎに
革命者がとおり
いまは汚辱にまみれたみすぼらしい夢が

とおるのをしるのだ
見たまえ
筒のような風のまにまに　幻の
道と街がつづく
きみはひとつの形をした運命のように
いじけはてたひとびとの魂を肩にのせ
その街に住みつく
街はおおよそ闘われた掟のはてにあり
首長も敗者　宿泊者もそうだ
うたがいぶかい天候と
とめどない激怒のほかには
しずかすぎる物事が
きみのそばをとおり過ぎる
群集も少女も信じられないと
ひとがいえば
きみはかれを招くことができよう

反抗も夢も空しいと
ひとが告げれば
きみはこの街は別だということができよう
生はむなしく死はしたしいと
傷ついた戦士がいえば
それはきみじしんの影だ

けれどうす汚れた飢えが
かなたの街から運ばれてくるとき
きみの運命はきめられる
街が暗黒にかがやくのはその時だ
世界は祈禱をあげている
貧民は平和によつてあいされないが
平和をあいせよと

戦いの手記

たたかいの手記に魅せられたら　きみも
語れ
献身が束の間にさびしい離反でむくいられ
たたかいに敗れた者たちが　くらい貌に
ほつと微笑をうかべて
たち去つた日を
たたかいの手記が販れるなら　きみも
販れ
まことに飢えたもののために
なにもできないうちに
怪しい戦士に謀られて　巷に
追はれた恨みを

たたかいの手記がたたかいなら　きみは
沈黙せよ
勇気はいつも辛くて　うめきに似ていたから
きみの孤独な陣地に
春がめぐつてくるまで

かつて
幾たびもきた春ごとに　きみは
うしなつた　無下なたのしい愛を
ちいさな秤にかけてみた少女のこころを
力をかたむけて結びついた戦士を
きみはうしなつた
時計のように正確にきざむ
魂のなかの　未来への
階程を
きみは不服従の戦士だつたのに
いま　右手にはヨオロツパの辞典

炸裂する魂はかくされていない
いま 左手にくらい日本の孤独
明日の天候と今日の食糧と
無名のいさかいの種子が
おしこまれている
きみは不服従の同志なのに
生きのこつて平和にむつれている戦士に
魂の砲火をひらく

きみは
服従をにくみ　敵対し　孤立する
勝利する日をみずから怖れているひとびとの
おびえた貌に
やさしいことばではない　熔鉄のような
真赤な悪罵をあびせかけながら　きみも
また老いさらばえる

明日になつたら

明日になつたら
辛い夢のなかに
棘がひつかかつていないかどうかを
たしかめよ
きみはすでに
罪人の罪よりもすこし重く
罪人の衣裳よりもすこしみすぼらしく
あまたの時を過ぎたのだから

もしも　夢みた世界が
こないうちに
ちいさな恋のいさかいで倒れたら

きみと少女の骨を
戦士がとおる路に
晒せ
あまたの若い戦士たちは
まことともうそともわからぬうちに
すでに孤独な未来へ
ゆくのだから

もしも　大事のまえに
ちいさな事がまちぶせていたら　その
ひとつひとつに花燭をともし
あたりの悪かつたものに
微笑を　耐えられずに死んだものに
花飾りを
ほどこせ
きみはすでに
罪を世界におい

安息を戦士たちの肩から
盗んでいるのだから

明日になつたら
辛い夢のなかに辛い夢をきずき
孤独な戦士よりも孤独な未来へ
きみもゆけ
すでに戦士たちはためらい
きみは待たれているから

日没

陽は沈む
いや　陽はまだ沈まぬ
ちいさなビルディングと
おおきなビルディングのあいだで
わたしの足が蔭をまたぐ
きようは月曜日
すべての群集を充たしている街で
わたしの街は
そこにない
わたしの街は戦いのなか
炎と炎のきえぬまに

たいせつなゆめとちいさな髪の少女たちをつれて
煙のように崩れおちた
そして男でもない女でもない
蠟のような焼死者が
わたしの運命にむかつて
よびかけた
〈おまえの大事のゆめは去んだ
　はやくこの街を過ぎてゆけ
　煙と火照りがしみとおると
　おまえの眼はつぶれてしまう〉

それから　わたしの運命は
充血した窓から
わたしのこころを探した
廃墟の晨と夕べにむかつてざんげした
〈わたしこそは戦いだ　名残りだ
　大事のゆめを喪つて

生きながらえた余計者だ〉

そよ風が
ちいさな暗い百合の花を
わたしのざんげに投げ入れた
廃墟の商人がそれを販りはじめた
たいせつな　たいせつな
民話をくみたてるように
わたしの街は蘇えつた
二月の節分に豆が撒かれ
七月の祭礼に笛が鳴つた

そして
わたしの少女たちは
わたしの知らぬ物語のなかで母親になつて
かえつてきた
わたしの知らぬ少女たちの時間と

少女たちの知らぬわたしの時間が
くらい戦いのつづき物語《もの》だ
わたしはそれを読もうとする
わたしはそれを読むまいとする
あの　グッド・オールド・デイズ〈なつかしく
やさしかつた　日々よ〉

陽は沈む
いや　陽はまことに沈む
ちいさいビルデイングと
おおきいビルデイングのあいだで
わたしのこころが苦痛をまたぐ
きようは月曜日
すべての群集がかえつてしまつた街で
わたしの街は
そこにある

贋アヴァンギャルド

きみの冷酷は
少年のときの玩具のなかに仕掛けてある
きみは発条《バネ》をこわしてから悪んでいる少年にあたえ
世界を指図する
少年は憤怒にあおざめてきみに反抗する
きみの寂しさはそれに似ている
きみは土足で
少女たちの遊びの輪を蹴ちらしてあるき
ある日　とつぜん一人の少女が好きになる
きみが負つている悔恨はそれに似ている

きみが首長になると世界は暗くなる

きみが喋言ると少年は壁のなかにとじこもり
少女たちは厳粛になる
きみが革命というと
世界は全部玩具になる

恋唄

ひととひとを嚙みあわせる曲芸師が
舞台にのせようとしてもおれは信じない
殺害はいつも舞台裏でおこなわれ
奈落をとおつて墓地に埋葬される　けれど
おれを殺した男は舞台のうえで見得をきる
おれが殺した男は観客のなかで愉しくやつている

おれは舞台裏で
じつと奈落の底を見守つている　けれど
おれを苦しめた男は舞台のうえで倒れた演技をしてみせる
おれが苦しめた男は観客のなかで父と母とのように悲しく老いる

昨日のおれの愛は
今日は無言の非議と飢えにかわるのだ
そして世界はいつまでだつておれの心の惨劇を映さない
殺逆と砲火を映している
たとえ無数のひとが眼をこらしても
おれの惨劇は視えないのだ
おれが手をふり上げて訴えても
たれも聴えない
おれが独りぼつちで語りつづけても
たれも録することができない

おれが愛することを忘れたら舞台にのせてくれ
おれが讃辞と富とを獲たら捨ててくれ
もしも　おれが呼んだら花輪をもつて遺言をきいてくれ
もしも　おれが死んだら世界は和解してくれ
もしも　おれが革命といつたらみんな武器をとつてくれ

恋唄

理由もなくかなしかつたときぎみは愛することを知るのだ
夕ぐれにきて夕ぐれに帰つてゆく人のために
きみは足枷になつた運命をにくむのだ
その日のうちに
もし優しさが別の優しさにかわり明日のことが思いしられなかつたら
きみは受肉を信ずるのだ　恋はいつか
他人の血のなかで浅黄いろの屍衣のように安らかになる
きみは炉辺で死にうるか
その人の肩から世界は膨大な黄昏となつて見え
願いにみちた声から
落日はしたたりおちる
行きたまえ

59　恋唄

きみはその人のためにおくれ
その人のために全てのものより先にいそぐ
戦われるものがすべてだ
希望からは涙が
肉体からは緊張がつたえられ　きみは力のかぎり
救いのない世界から立ち上る

二月革命

二月酷寒には革命を組織する
何といつても労働者と農民には癲癇もちがいるし
インテリゲンチヤには偏執狂がいて
おれたちの革命を支持する

紫色の晴天から雪がふる
雪のなかでおれたちは妻子や恋人と辛い訣れをする
いまは狂者の薄明　狂者の薄暮だ
おれたちは狂者の掟てにしたがつて
放火したビルディングにありつたけの火砲をぶちこむ

日本の正常な労働者・農民諸君

インテリゲンチヤ諸君
光輝ある前衛党の諸君
おれたちに抵抗する分子は反革命である　もしも
この霏霏として舞い落ちる雪
重たい火砲をひきずって進撃するおれたち
が視えない諸君は反革命である

おれたちが首うな垂れて
とぼとぼビルデイングの間を歩いているだけだ
とあざ嗤う分子は反革命である
おれたちがしみつたれた鞄をぶらさげて
明日の食糧に戦慄しに出かけるだけだ
と宣伝する諸君は反革命である

首都へ

一陣の昏い夢のように　白けきつた首都へ
はぐらかされるかもしれない希望へ
たどりつこう　奇妙な敵の首をしめ
ちつともいんぎんを通じさせないうちに
闘いきれたらとおもう
われわれに一人の死者さへなく　かえつて
死者となつたほうがよかつた
と思えるほど苦しみを感じながら
勝利をおさめられたらとおもう
鉄さびをかぶつた街路樹に　水撒車が
忘れていつた水を撒いてやり　たくさんの
世界の苦闘が憩うように

少女たちもそこで
たわむれているといい

奇妙な幕間に忘れていた　闘うときに
こころの傷手はつよい武器になり
われわれの敵をずたずたに引裂く　もしも
われわれに疲れきつた恩赦があれば
われわれもまた引裂かれる

首都はいま
半ばふりそそぐ陽だまりのなかにあり
ちよつと
首をつき出せば其処へ出られる
ような気がする　だがわれわれは一陣の
まだ昏い夢なのだ

われわれが闘おうといつたとき

逃亡した戦士よ
われわれは傷つきかれらは生き残つた
怪しくゆがんだ空のさびしい雲が
倒れる間際にみえた
われわれが
黒わくに飾られた戦士なら　逃亡した兵士と
生残つた将軍がいうだろう
――かれらはよく闘つたが死んじまつちやあね――
われわれが
とつくに廃疾の戦士なら
未熟な兵士と居据つた将軍がいうだろう
――魂をなくして街路に亡国の小唄をうたい　わずかに乞食をしている――
おお　敗北の記念すべき時はめぐつてきた
むかしの戦士はいま何処だ　かれらを
査問に呼べ　かれらにわれわれの傷あとを
証させよ

かれらが平和を招待してカクテルを交しているとき
われわれは魂のなかにくろい火砲をひきずつている

われわれは倒さねばならぬ
死んじまつた人間の苦悩と夢とで
半端もののカピタルと漫画のようなトオテムとを
しずかな真昼ま
魚のように愛人同志の眼ざしがとびはね
昨日のようにさりげない今日
魂のなかの砲門をいつせいに
ひらかねばならぬ

恋唄

九月はしるべのなかつた恋のあとの月
すこし革められた風と街路樹のかたちによつて
こころよ　こころもまた向きを変えねばなるまい

あらゆることは勘定したよりもすこし不遇に
予想したよりもすこし苦しくなる
わたしが恋をしたら
世界は掌にさすようにすべてを打明け
幸せとか不幸とかいう言葉をつかわずに
ただひどく濃密ににじりよつてきた
圧しつぶそうとしながら世界はありつたけ
その醜悪な貌をみせてくれた

おう　わたしは独りでに死のちかくまで行つてしまつた
いつもの街路でゆき遇うのに
きみがまつたく別の世界のように視えたものだ
言葉や眼ざしや非難も
ここまでは届かなかつたものだ

あつちからこつちへ非難を運搬して
きみが口説を販つているあいだ
わたしは何遍も手斧をふりあげて世界を殺そうとしていた
あつちとこつちを闘わせて
きみが客銭を集めているとき
わたしはどうしてもひとりの人間さえ倒しかねていた

惨劇にはきつと被害者と加害者の名前が録されるのに
恋にはきつとちりばめられた祝辞があるのに
つまりわたしはこの世界のからくりがみたいばつかりに

惨劇からはじまつてやつと恋におわる
きみに視えない街を歩いてきたのだ
かんがえてもみたまえ
わたしはすこしは非難に鍛えられてきたので
いま世界とたたかうこともできるのである

〈韋駄天〉

きみはきみ自身を休ませよ
きみはいつでも任意な時に目を覚ませばよい
きみには追跡妄想がないし
もうゆくさきもきまつてゐる
秩序といふやつは
まるで母の胎内だ
きみはそこで外傷をうけなかつたのである

おう　一九五三年の炎のやうな夏
ぼくは韋駄天のやうに去る
きみときみのいくらか患はしかつた物語と
きみの善意と狡猾さと

卑しい感覚と
それらみんなにさようならを言ふ

〈亡命〉

街でおまへは何をするか
街でおまへはビジネスをする
それから路をぬける
路はつづいてゐる
貧困の街々へ
おまへはいまもそこを過ぎることが
できない

おまへはうたを唱ふ
そうしながらおまへは労働する
労働しながら睡つてゐる
少女が花を挿しにくる

それからサイレンが鳴る
それから疲労がどつとくる
おまへはいまもそこを過ぎることが
できない

おまへは小さなむしろのうへで
ちいさな鉄槌をとりだして
おまへの機械を修理する

おう
逃亡しながらかすめとる風景のなかには
おまへの残酷さにおののくものと
おまへの暗さに罪をみつけるものと
どこからともなく
誘ふものとがある

〈運河のうへの太陽の歌〉

昏い運河のまへに
ふたつの人影が刻明に佇ちつくし
かれらの肩から髪の毛にかけて
太陽は墓標のやうに刻んでゐる
かれらはかれらの重荷を棄てて
かれらの家にかへる
かれらはふたつの肉塊のあひだで
生活をいとなまねばならない
かれらから太陽は剝れおち
かれらの衣裳は鱗粉をうしなつた
蝶のやうにすりきれる
ひとつひとつの情緒は落下し

かれらの濁音はちいさなふいごのやうに
苛酷なひびきをくはへる
〈ぼくたちの鱗粉ははがれおち
ぼくたちの情緒はすりきれる〉

時のなかの死

刺戟はいろいろな種類の混合からできていても、まつたく類似した特徴がすべて感覚にみられるので、対立しあつているこのような特性に共通した基盤を〈時間〉という名称であらわしている。

アンリ・ピエロン「感覚」

1

時間に貼りつけられた画布のなかでは
ひとは死ぬことさえできない
死ぬためには植物のようにか　独裁者のようにか　また遅い芋虫のようにか
動いていなければならない
死をひきづつたひとつの生と　生をひきづつたひとつの死
が出逢えるのは感覚のなかだけだ
さてひとつの死は生についての履歴をもつていた

たたかいに艶れた少女は
どんな時間を着ていたか
〈日本の誇るべき息子たち娘たち〉のようか
否《ノン》
六月にうつる紫陽花の色のようか
否《ノン》
教授たちの貧弱な思想のようか
否《ノン》
父と母との掌のかたちのようか
否《ノン》
時代のようにあざやかな絶望
のブラウスと暗いズボンをはいて
あかるく賑やかな「市民」の行列と
ボタンのちぎれた「民族」の道化芝居の幕間に
孤立に死んだ　いや生きた

2

すべての中絶には意味がある
産みおとされなかつた嬰児
と恋の事情　たたかわなかつたものの凱歌
と革命の不遇　まして
まして少女の机のうえに
かきのこされた単語の中絶
死の刻にうかべた脳髄のなか
の情景の中絶には意味がある
弔辞がそこへゆけなかつた
社会がそこにちかづけなかつた
肖像写真がそれをうつさなかつた
冷えてゆく死が追いつめる温もりのように
この世界のすべての耻と　かかれてない不幸が
少女のひそかな中絶を追いつめた

その意味がすべてだ
〈君は大衆には、おそれず
　に真理を語り、資本家階級
　への敵対の精神は、いかなる時
　にもかくそうとはしなかつた。しかし、
　それ以外には君は、多くを語らぬ
　謙虚な魂の持主だつた。〉
さて多くを語らぬものは
多くの中絶をもつものだ
死はいつも豊富なヴイジヨンをせきたてて
時間の外へつれてゆく
それをさぐることは
世界をさぐることだ

3

ひとはどのようにして画布のごとき死から

のがれた生をみつけたか
ささいな愉しみと食べものの味覚
抱く手やまなざし　産みだされた幼児の酷似
こころの釘にひつかかつた借財
そのひとつに重たい時間をつけて
しだいに死は死のまま生をつみあげた
残酷な八月の停止を忘れ
〈一九四五年八月の「ノート」から
紫陽花のはなのひとつら手にとりて
越の立山われゆかんとす
手をとりてつげたきこともありにしを
山河も人もわかれてきにけり〉
物の怪のような大豆かすに
失調した五年
を裏切るような思想のデータを憎悪した十年
さて時のなかで生はひとつの価値をなす
恋人のまなざしを所有すること

と不遇のない社会を所有すること
とどちらをえらぶかと時はつげる
市民はこたえる
恋人のまなざしと
窮乏のなかの永続
と愉楽のなかの一瞬と
どちらをえらぶかと時はさばく
労働者はこたえる
愉楽のなかで椅子のある解放と
死はいっさいのヴイジヨンをなくし
生はたくさんの事実に吸収される

根をむしられたものの木霊が
ビルデイングのあいだで隊伍をうみ
アスファルトの路で時代をつくりかねている
鉄路へゆこう　国有鉄道へ
平たいボタンと開襟の制服と霜ふりブルーの作業衣へ

つまり死んでいる革命
ふるえている労働者へゆこう
そこで希望の死をたしかめる
根をむしられたものの
木霊の空しさを

死は時のなかで生に挫折する　まるで
牢獄からでた革命家が
冬眠した金魚の眼に挫折するように
死への恐怖はどこからくるか
それは生への執着からでなく
時間の柵をこえるときの番人への恐怖だ
市民がじぶんの影をふんだとき
労働者がじぶんの影をぬけるとき
の恐怖だ
死への無畏はどこからくるか
それは柵のなかの時間の空虚

つなぐ愛や嫌悪の不在からだ　けれど
柵をこえてもうごく世界はない

4

さてひとつの生は死について履歴をもつていた

〈一九四二年の「追憶」から

その軌道は絶えず死や暗い想念のほとりを、あたかも撰択するように追跡していた。

僕は老人が何か一種の占星術のようなもので僕のすべてを測つていたのだと思うよりほかなかつた。僕はもうその頃人間が嫌いになつていたし、ひどく孤独になりたがつた。海辺の四号埋立地へ昆虫や魚をとりにゆき、葦原の深くをくぐつてよしきりの巣を見つけてまわつた。草いきれや、かんかんあたる日の下で、まるで他界のような夢をえがくことは容易であつた。

人間にたいして素直でなかつた僕も、独りのときは無邪気で愛をもつていた。人たちは誰も僕を愛しなかつたし、僕もそのほうが苦しくなくて好きであつた。

皆不思議に僕を視ると世にも悲しい表情をしてみせるのだつた。僕は漠然とそれが、僕の暗さや敏感な弱気の反映ではないかと思つていたが、もう僕が人々の圏外に追いやられていることは、はつきりと了解することができた。〉

〈一九五〇年の「ノート」から

精神は閉ぢられてゐて誰に対しても開かない　そして秘やかな夜が来た　勿論三月の外気は少し荒いけれどそれはあたかも精神の外の出来事のやうだ　夜は精神の内側を滑つてくる　甍のつづき白いモルタルの色、あゝ病ははやく癒えないだらうか　僕は言ひきかせる《精神を仕事に従はせること》　怠惰といふのは漠然とした予望のことだ　そして明瞭な予望といふのは野心のことだ　僕は漠然とした予望のなかにゐた　そして時々は明瞭な忍耐のなかにゐた　理由もなく痛む脳髄・何ひとつ受感しない憂鬱な精神　死ぬよりもはるかにつらい……〉

〈同一九五〇年の「ノート」から

虚無は何も生むことをしない　僕はこれを熟知するためにどんなに長く滞つてゐただらう　僕は再び出発する　何かを為すために　この世には為すに値する何物もないやうに為すに値しない何物もない　それで僕は何かを為せば

よいのだと考へる
実践はいつも動機だけに関与されてゐる　そして人間史は無数の動機の、しかも悲哀ある動機の連鎖のやうなものだ……と　これだけは僕の心情が政治史や経済史から保存しておくべきだと思ふ唯一の痕跡だ　それで僕は虚無の歴史の如きものを僕の精神史のなかにも持つてゐると言はう〉
〈同一九五〇年の「ノート」から
死はこれを精神と肉体とにわけることは出来ない
それは自覚の普遍的な終局であるのだから僕がそれに何かを加へることが出来るとするならば　すべてのひとにとつてそれが無であるとき　僕にとつてそれが自然であると考へられるといふことだけだらう〉
死の履歴からぬけると　あらゆる行為は
真昼のように不思議になる
手にはめられた手錠も不思議
暴圧への恐怖も不思議
そして革命の思想も
組織からぬけてはてしなくうごき
剱戟小説家のこころや

魚屋の老父にとびうつる
けれど労働者よ　労働者
きみのふるえは組織のふるえ
きみのおびえは組織のおびえ
わななく反抗の舌の腫瘍
したがっていちばんつらい自恃の矛盾だ
劒戟小説家は劒戟小説を喰べ
魚屋の老父は魚を喰べるが
きみは時間の舌で自分の肉を喰べて
椅子のある愉楽にしたがう
きみの食肉がきみの感覚を死なせ
感覚の死が　柵をこえることはないか
きみの脳髄に神話以外の
手製の死が流れることはないか
死をひきづつたひとつの生の木霊
と生をひきづつたひとつの死の木霊
が根をむしられた時間のなかで出遇うとき

孤独の幼女

季節が空のうえにつめたいカゴをのせる
宙づりにされたわれらの時代に
八方からはしごをかけてよじのぼれ
革命家がおつこち　芸術家がおつこち　しまいにはお腹の膨らんだ
　イデオロギー宗派
がおつこちる
秘訣はあるのだ
遊覧カゴにのればすくなくとも鉄塔の頂き
までは自動的にのぼりつけるように
きみの孤独の幼女をさりげなくあやして
〈さあこれから　花屋敷の遊園地へいつて
人工衛星塔へのろう

さびしい労働者の屋根もみえるし
倫理的な商店のカバーもならんでいるし
快楽のデパートの屋上もみえるよ〉
とやさしく誘ってやればいい
すくなくとも時代の眺望までは自動的にのぼれる
孤独の幼女がむずかりだして
きみにかじりついてくるのは
それから先だ

孤独の幼女はきようだいがない
そこで玩具をかいこんだ
だいいちは玩具のような革命家または革命家のような玩具
頭は木製　眼玉はガラス
とうてい人語を解せなんだ
ねうちがあるのはオモチヤ箱のすみだけ
つぎは玩具のような芸術家または芸術家のような玩具
罪がきえないうちに

未来の作品をつくろうなんて
柄《がら》じやない
民衆のよじれたはらわたにまつわる蛆
悲劇をくいあさる喜劇
晩餐なのに朝食だとおもう阿呆宮の宦官

孤独の幼女は日が暮れる
ふたつの眼玉に糸をつけてすうつとびくと
玩具は眠り　じぶんも眠る
愁いと恐怖のあいだにふしぎな世界があるが
時代は昨日と明日しかないんだ
明日はなにか
玩具のたぐいはすべて否定
遊覧カゴは昨日の記憶
きみの孤独の幼女はそのまま
孤独の娘になる

死者の埋められた砦

1　勝者のないたたかいは

勝者のないたたかいは
ひとつふたつのちいさな黒い粒になつた
宙にかかつた砦
都市のまんなかの露岩　しかし
それよりもつらいのはじぶんの幻を葬つたものたちだ
この砦の下には死者が埋められていると
宗教法をつくる村の役人にも
もみ殻を機械でとばす農夫にも
思想を吹子でふく代言人にも

語るな
空しさにたえても
空しさにたえる虚しさには
灰燼のあとの生活がない
きびしい暮色のたたかいがない

きみは異邦人だ　きみもそして
きみも異邦人だ
いやわたしが異邦人だ
きみの眼のなかに映つているわたしは
どうです
けつきよくきみの未知らぬわたしでしよう?

世界はいま生みだしたのだ
黄昏の出廬
きみが敵なのか味方なのかもわからぬ混戦での
ひとつの旗幟を

2　疲労病

おおいかぶさつて皮膚の表面に拡がつた
疲労についてかきたい
この脳髄のうちがわにあつまつた
鈍い痛みについて記録したい
けれどそんなとき
言葉は瞼のうらの腫れぼつたい血脈の
なかで鬱積して
なにもかくことができない

しかしこの疲労こそはゆいつの由緒ではないか
空しい系図をさかのぼつたあとに
時間の形と量は
そのように脳髄や瞼のうらに歴史をつくつているのではないか
だからそんなとき

わたしの思想はどこへとびたつこともならず
どこからまねきよせることもできない

横わる身体のかげで
疲労は藍いろの国をつくる
こんなときとびたつ分身が欲しいとおもうのは
ひとつの怯懦だ
くずれた砦の形をしたわたしの胴や手や足が
わたしの思想の唯一の国だ
この疲労と休止のうちに
とじこめられた思考の境涯は
わたしに人間というものの存在をより深く
知らせる

3　遠い声

遠い声が未知らぬ井戸をのぞかせる

滑車の幻のようにきみの存在が
きみをたしかめに降りてゆく
その深さはどこまであるのか?

空は遠い筒になる
死んだ鳥のようなものが
いまそこを過ぎたとしても
きみにそれは記憶をすぎる事件
だとおもえるだろう?
とにかくきみはきいたのだ
ささやきが轟きのように聞える世界で
木霊が輪のようにのぼつてゆく魂の辺境で

すべて底をつくというのはいいことだ
にんげんがにんげんから遠ざかるということは
すでに遠いかすかな声しか
耳はきけなくなるということは

いいことだ
すれちがつたとき
さつと触れた掌の温もりのように
死者がきみに呼びかける遣りかたは

佃渡しで

佃渡しで娘がいつた
〈水がきれいね　夏に行つた海岸のように〉
そんなことはない　みてみな
繋がれた河蒸気のとものところに
芥がたまつて揺れてるのがみえるだろう
ずつと昔からそうだつた
〈これからは娘に聴えぬ胸のなかでいう〉
水は黙くてあまり流れない　氷雨の空の下で
おおきな下水道のようにくねつているのは老齢期の河のしるしだ
この河の入りくんだ掘割のあいだに
ひとつの街がありそこで住んでいた
蟹はまだ生きていてそれをとりに行つた

そして沼泥に足をふみこんで泳いだ
佃渡しで娘がいつた
〈あの鳥はなに?〉
〈かもめだよ〉
〈ちがうあの黒い方の鳥よ〉
あれは鳶だろう
むかしもそれはいた
流れてくる鼠の死骸や魚の綿腹《わた》を
ついばむためにかもめの仲間で舞つていた
〈これからさきは娘にきこえぬ胸のなかでいう〉
水に囲まれた生活というのは
いつでもちよつとした砦のような感じで
夢のなかで掘割はいつもあらわれる
橋という橋は何のためにあつたか?
少年が欄干に手をかけ身をのりだして
悲しみがあれば流すためにあつた

〈あれが住吉神社だ
佃祭りをやるところだ
あれが小学校　ちいさいだろう〉
これからさきは娘に云えぬ
昔の街はちいさくみえる
掌のひらの感情と頭脳と生命の線のあいだの窪みにはいつて
しまうように
すべての距離がちいさくみえる
すべての思想とおなじように
あの昔遠かつた距離がちぢまつてみえる
わたしが生きてきた道を
娘の手をとり　いま氷雨にぬれながら
いつさんに通りすぎる

この執着はなぜ

〈この執着は真昼間なぜ身すぎ世すぎをはなれないか？
そしてすべての思想は夕刻とおくとおく飛翔してしまうか？
わたしは仕事をおえてかえり
それからひとつの世界にはいるまでに
日ごと千里も魂を遊行させなければならない〉

きみの嘆きはありふれたことだ
一片のパンから一片の感覚の色彩までに
すべてのものは千里も魂を走らせる
それは不思議でない
つみあげられた石が
きみの背丈よりも遥かに高かつたとしたら

きみはどういう姿勢でその上に石を積むか
だからそれは不思議ではない

不思議はからみあつた色彩として
きみが時間と空間を生活することだ
あるばあいそれは遥かの街の烟のように遠く
あるばあいきみが世界を紡いでいるように近いことだ

あらゆる複雑さ　不思議さ　不可解さの中心に
きみがじぶんを見つけだすということは
きみの魂を遊行させる
きみはそのとき幻の主体となり
馳せてゆく馬になり
穴居へもどつてゆく蟻になり
わずか一羽の小鳥がとびたつただけで
驚く樹木の雫となり
また陳列された博物館の古銭となる

きみはいま
〈友よ　一九四〇年代には　われわれは透明な球のように
また泥地に寄生している蔦のように
暗くそして明るかつた
そしてわれわれにとつて戦争とは偉大な卑小であり
傷が弾丸となつてわれわれを貫くために
ひとびとが平和と名づけた幾歳月が必要であつた〉
と呼びかける者をもつていない

きみは渦巻のような夢が
うちくだかれる音を
佇ちつくして聴いている
ひとつのにぎやかな古戦場の市街にいる

告知する歌

1

今日あたたかい真綿の雲にくるまれた
幻の都市をみた
その眠りの深さが胴体にあり
その醒めた危機が頭骸にあり
その喧騒が怠惰な四肢にあつた
もうおおくのものは憤怒にちぎれたまま
黄昏の街路の傍に落ちる視えない風になつていた
市民に出あうことも
学者に出あうことも

政治家に出あうことも
ただ薬莢のない銃眼にうつる憎悪の標的であつた
かれらを射殺するために
自動車の往還する舗装路をあるいて
とおいとおい無為とビジネスからこぼれおちる
穀倉を占拠しなければならなかつた
重たい口唇からかすれた声がもれても
ここからは世界の底はあまりに遥かだつた
いじけた虚構の村は緑で
遊ぶ無心の子供たちと
もみがらを掌の上で吹いている老婆とは
失われた涙のなかに乾いている夢であつた
どうすればこの都市から
黙示のように深く伝道のようにはげしく
空しさはたたかいとなるか
不機嫌な思想から
虚空が落ちてくるか

今日数々のひとびとが幻の都市をみた
やつと雑沓をゆく群衆の内側に触れようとして
優しさを交ぜた声で
あなたたちはやがて富むことによつて亡びねばならぬ
未来をもつていると告げるために
未来はいままで一度もこの世界をおとずれたことはない
その時間を下水道にしずめるために
そうだ未来はいちどもなかつた
その時間の通りかたではだめだと告げるために
どこか虚空にただよう都市
そら色の樹木におおわれた村々
約束よりもすこしはやく訪れてくる
約束をむすぶために
鳥たちと結婚するために
魚の泪に濡れたコートをビルディングにかけるために
今日瞋りにえぐりとられた高速道路を
都市はもつていた

そのなかに視えない風になつた戦士をもつていた

2

（空に血がまじると眼の底に虹がかかる
石段から登ると樹木が逆さに茂つている
この小さな区劃にどれほどの骨が埋められていても
記念すべきたたかいは
空に骨を埋めている

生まれたときから死にたえるまでに
たくさんの蟻をつかまえて樹木に登らせるほどのことを
おわりまで見とどけずにするということは
すべてのうちでいちばん価値あることだ
この街ではすべてのひとが視る暇もないうちに
すべてのことが過ぎてゆく

墓地には函がこしらえてあり
かつて暇がなくて地上も街々も
そのうえにかかる冷たく訣れてゆく空も視ずに
ただ生活してきたひとびとが
生活をやめて蓋を閉されている

空には血が残り
右手を握りしめてなぐるように拭くと
さつと引き裂かれる雲となる

これがすべてのはじまりだ
生活が墓石のしたの函におわるとき
それを見とどけるわずかな休暇をもつたあと
ほんのすこしわだかまるこころを
死者にたいしてもつたあと
空に刷かれる落日の反射を
ほんの一瞬みたあと

じつは幼い娘に冬の昆虫の穴居をおしえたあと
おそらくわれわれの誰もが
貨幣のもつとおくにある物神の所有について
重たい心をもつてかえつてゆく
この心を告げるべきひとびとが死んだかもしれないことを知りながら
われわれは空に
幻のような戦跡を刻むことをかんがえる
ひとびとの気づかぬうちにひとびとのこころに
たしかに入りこむ夢をおくために）

3

（見なれないひとつの街とこの街をおもうとき
空と夕陽が高台から拡がつているのに
それが視えないで地面を視てあるいているとき
時間の流れがわからずに
いつの間にか盛り場の真ん中をとおりすぎているとき

こころよ
いま余裕をうしなつているとおもうな
生活よ
これは一時的な苦境だとかんがえるな
この世界と激突するために
ほんの少し異つた空間と
ほんの少し異つた律動の時間を
凝固するように歩いている
それはわたしの影であるとおもうな
するとわたしは退行しただ独りで解放されてしまうから
それは汗にまみれ
カラーの汚れた
浴場の温水を永続的にわすれた皮膚をもつた
ひとりの由緒のない労働者のすがただ
とおもうな
そうするとわたしは独身者の思想に似てくるから

絶えずささいなテープによつて
港から旅行するひとびとを見送つている
岸壁に佇つた留守番のように
わたしひとりでは何処へもゆけない
ひとりの多角的な夢想だとおもうな

〈明日が確かな足どりでやつてくれば
この街は住みなれた街になり
つと石段のうえに佇ちどまつて
空と夕陽を視あげることができる〉
ふと通りすぎるこの救済の思想に狎れるな
いつも今日とおなじ形でおなじ異空間のなかで
出遇つたひとに呼びかけられると
ほんの一瞬おくれてこわばつた貌の筋肉をときほぐし
しずかに微笑をかえす
こころよ
生涯はこの一瞬のおくれのなかにある〉

4

われわれはその名をよべばかならず傷つく
その土地の奥深くには奇怪な儀式がある
もし風景が解放しなかつたら魂を穴居させ
たれも出口をみつけることができない
アスファルトの舗装路と潜函の深く埋められたビルデイングのあいだでは
あらゆるアメリカとあらゆるヨーロッパが
アメリカよりもヨーロッパよりも沢山ある
ひろい浅い集塵器の底に
たまつた芥粉のようにわれわれは異色を失う
われわれは叫ぶ
魂について信仰するな　言葉について信仰せよ
出来事について判断するな　概念について判断せよ
昔　キリシタン衆が聖書を土人の儀式にかえ
実行を神憑りによつて動かしたように

そうするのが嫌だつたらこうするほかはない
とわれわれは誰にむかつていう？
たれも聴き手がないので
仕方なしに群衆にむかつて叫んでいるようだが
ほんとうはわれわれの空洞にむかつてつぶやいているにすぎない

ひとりの拒絶症患者《ネガチヴイズム》が応えた
〈嫌だ嫌だインテリゲンチヤよ
顔をそむけずにきみと街で出遇うことは
腸管の奥をのぞくように管々しい弁明に出遇うことだ
嫌だ嫌だ群衆よ
奇怪な発端から這いだして
いまは衣に擬制を着こんでいる
一杯の酒を愉しむためにどうして
コーヒー・ショップまでつき合わなければならないか
一片の知識を販るためになぜ一度は下水道の内側を
想い出すのか

嫌だ嫌だ学者よ
きみの研究と出遇うためにどんなに
生きた蝮の袋をすてねばならないか
嫌だ嫌だ政治家よ
きみの貌をみることは世界でもっとも卑小をみることだ
きみを一掃するためにすべてを支払ってもいいほどだ
きみの思想をみることは
どぶ泥をかきまわすことだ
嫌だ嫌だ芸術家よ
屑のなかから屑をとりだしてもきみよりは
たかく販れる
嫌だ嫌だ皇帝とその一族
スポーツを観るためにどうしてきみの貌をみなければならないか
その様式化は帽子の振りかたと手の振りかたのなかにある
影だ　いっさいは影だ
何ものかの何かとしての影だ

いちばん動けばいいものがいちばん動かない
いちばん動かなければいいものがいちばん動く
昨日の夢から復讐されているわれわれの姿は
皇帝の帽子と手の振りかた
それをブラウン管の額縁にはめたがる趣味を
有難がる群衆に慄然とするわれわれの生活
のなかの孤立と知識の擬連帯のきしみのなかに
もうそれは不快なさびしさ　どうすることもできない
否定として存在する

今日の瞬間が愉しくてならない株式会社のデスク
奇妙に安定した月給取《サラリーマン》のすがたから
不思議な佗しさが発散する
その匂いはかつて文献のなかでしか出あわなかつた匂いだ
嫌だ嫌だ
口をひらくのがいやだ　同席がいやだ
明日が愉しくてならないような文化の村落

てれもせず語られる革命のプラン
匂つてくるのは否定を肯定におきかえたとき
きみが口に出したはずの羞恥のつぶやきだ
嫌だ嫌だ
きみと同類とみなされることの貧弱な認識が
いま活字となつてひとびとの頭脳を訪問しつづけているという想像〉

女優がとおくで云つた
〈お仕事のあい間には文芸物を読みます〉
歌手がヴイデオテープのなかで唱つた〈愛と死をみつめて〉
アナウンサーがある早朝に喋つた
〈七・五・三は母親の虚栄心からでた猿芝居だ〉
文芸なんて知らない
愛も死も知らない
祭りも母親も知らない
者たちがそういつた

なぜたれのために一篇の詩をかくか
われわれは拒絶されるためにかく
この世界を三界にわたつて否認するために
不生女の胎内から石ころのような思想をとりだすために
もしも手品がひつようならば
言葉を種にしてもつと強くふかく虚構するために
読まれる恥かしさから
逃れるために

われわれは一九六〇年代の黄昏に佇つてこう告知する
〈いまや一切が終つたからほんとうにはじまる
いまやほんとうにはじまるから一切が終つた
見事に思想の死が思想によつて語られるとき
われわれはただ
拒絶がしずかな思想の着地であることを思う
友よ　われわれはビルデイングのなかで土葬されてゆく
群衆の魂について関心をもち

ナイフとフオークでレストランのテーブルで演ぜられる
最後の洗練された魂の聖職者の晩餐について考察する
かれらの貌には紫色のさびしい翳がある〉

〈演技者の夕暮れ〉に

きみはさびしい笛の音いろをまたぐ
それから擦りつけられている弦弓の環をくぐる
舞台は風につづいている
袖は河原におりている
きみはす早く演じたかつた
視えないいちずな虹を
きみにとつてこの夕暮れは
いちまいのなだらかな舞台であつた
きみは観客にとつての観客
たれもが亡びることを望んでいるとき
亡びる時間をもたなかつた
きみは踏みはずしたかつたのに

世界は縁のない板であつた
きみは秘めていた
微風よりも濃い夢を銃でとめて
ちようど濯ぎ場で布を流している
少女たちに視えないひと束の由緒書を
書きつけられた埋蔵所を
〈ここは　どこの　ちいさいみちか〉
〈天の河原の　ちいさいみちぢや〉
〈きつと　とおしてくれるか〉
〈無用のものは　とおさない〉
〈ぼくの子の　ちいさな祝祭に〉
〈風のお札をおきにゆく〉
〈このみち　だめ〉
〈このこと　だめ〉
太陽が少女たちの腰に湛まるとき
胸の線よりすこし小さく曲つた
さびしい歓喜がとおりぬける

樹々をささえている掌のひらに
ちいさな〈かくめい〉の街がひとつ
もりあがつた墳墓が西と東にわれていて
そのあいだ　とおる路がある
双曲線のようにそれて

風は死　空は死

香りのない乳房を埋葬しているとき
風がいつた〈死んだんだ〉というほどもなく
〈死んだんだ〉
死んだひとがまた死んだんだ
疑いに射られて
鳥たちは堕ちてゆく黒点である
世界は疑わしくないんだ
劇なんかなにもなかつたんだ
ただ死んだものがまた死んだんだ

そのために棺はとどかなかつたんだ
空の死に　風の死に

〈おまえが墳丘にのぼれば〉

おまえが墳丘にのぼれば
そこは誄をひく長びいた音吐と幡旗《はた》の
しめやかな殯《あらき》の場にかわる
時間のないものが夢をみている
この首長の葬礼が長びくとして
たつた三年くらいのあいだに
葬られた死者は　白鳥に
尾長は　ふくろうに
風景は　廃市に
語り部は　乞食に
幡旗《はた》は　雲に
かたつむりは　死魚に

かわるといえる

それから疾風のように　夢は
とおい海を襲う
おまえが一瞬眠つているうち
この世界が革まるとしても
死にきれなかつた下丁が
高句麗《こうくり》の軍歌などうたつて
喜捨を乞う
その道に
千年も前のあせびの白い花が垂れている

けつきよくこれは風景
ほんの小さな安息日
無際限にふりそそぐ夏の炎から
おまえの渇きに送られた訴状だ
それから挨拶だ

かすれた喉咽がありつたけ時間を呑みこむとして
とうていおまえに耐えられない　この
時間を失つた夢を
殺りくの山《やまなみ》　陽《ひなた》の道の岸べから
まつさおな空と
ひきつつた雲に投げかけることは
愛の死を意味している

丹《に》の土の屑　それらしい土器のかけら
あけび色の蔓から第五号墳丘の土面に昇つてくる
さらば　夏の日の
迅速な憩い

〈農夫ミラーが云つた〉

一九四七年初夏に農夫ミラーが云つている
〈アメリカの耕作地帯には害虫が一匹も
　いなくなつた　空は青くひきしまり
　空気はまるで鋼だ　われわれは
　いま真空のなかでキビ畑の上に立つている〉
また　つぎの年の秋　ハリケーンの去つたあとの日記に記している
〈われわれは知らなかつた　まだ
　自然には眼をつくる力があることを
　少しづつではあるがわれわれは復讐されている
　われわれは富よりも先に
　自然と直かに取引したい　だが
　われわれはそれに必要な銀行をもつていない

われわれは眼にみえない手形をふりそこなつたのだ〉
農夫ミラーよ
きみに告げることがある
もし手帳があるなら　つぎに云うことを
ひかえておきたまえ
〈トウキヨウのある墓地で
カタツムリを探しにいつた子供が発見した
雨の後なのにカタツムリは一匹もいないことを
アメリカ製のコカ・コーラの空罐に
口紅のあとがあつた
コーン・フレークは喰べのこされて捨てられていた
敬虔な石仏が僧侶によつておし倒されていた
あるひとつの墓石には　ただ
「眠」と刻まれていた
「眠」の下に這入らねばならないのは
誰か？
トウキヨウの子供は採集メモにそう記している〉

眼にみえない菌カビに喘ぎながら
ひとりの女がつぶやいた
〈農夫ミラーよ　わたしの男を　菌カビの幹を
　噴霧せよ　ただそつとおしえておくが
かれはトウキヨウ・インステイテユート・オブ・テクノロジーの出身だ
除草剤が匙加減で成長促進剤
になることをよく知つている
量を厳密に！
あくまでも厳密に！
農夫ミラーよ　あなたにできるか
わたしの死ぬ前に〉
せばまつた身体と
心の継ぎ目のあいだに女の呼吸を追いこんだ
罪だらけの男がいつた
〈この汚れた空気には心がある
だが樹木をわたる清浄な風に心はない
農夫ミラーよ

自然がそのまま善だという伝承は嘘だ
わたしの女が喘いでいる　たぶん
自然の不在からではなく　愛の不在のために
存在が役立たないとおもわせたら
すべての“She”は死ぬ
失意にも　失愛にも
心の分配をスムースに！
その量を厳密に！
　あくまでも厳密に！〉
農夫ミラーははげしいなぐり書きで
ひきちぎつたノートのきれ端にメモした
〈わたしには判らない
　鳥獣をアリゾナの原野で傷めたことが
どうしてトウキヨウの墓地に伝染するのか
墓石はなぜ“Sleep”のあとに“that
knows no breaking”と刻まれないか　一切は
不明だ〉

またの日　農夫ミラーは云つている
〈一切は　すべての起源において不明だ
そして一切はその終末の種子から
緑色に萌えだしている　いまは
夏のはじめか　それとも冬の終りか?〉

〈五月の空に〉

忘れられた空には
ほんのすこしの痛みがのこっているので
ほうたい色のスクリーンをとおして
吸引されつづけている
唇のよこ雲が臥している
きみは恋うる
きみ自身を閉ぢこめるため
遠いかなたからやってきて
まだ氷のかけらをつけている
五月の空を

まずかつたなあ

それはまずかつたなあ
来歴はいつもそう囁き
その都度
ああ　まずかつたよ
ちようど今日のように後悔には
ちよつぴり沁みている紺青の布切れと
数すくない言葉を当てがい
ぼろぼろになるまでは
まだやれる
まだまだやれるよう
言葉からしたたる雫にまじつて
幽かなささめことの風が
きこえるかぎりは
〈あ、　わが人〉
などとうたうなかれ
それは昔　詩の教師がうたつたことだ

さよならと云つてしまえば
ほのかな未決の空の色がのこるため
み籠《こも》よ　口ごもる
それがきみの
恋うる生存ではあるまいか

〈たぶん死が訪れる〉

階段を昇るとき　はじめの一歩が
ちようど右足にかからなければ　その日は凶だ
そんな占いに幼い日凝つた
おぼえがあるか
あの不安には未知の日々がひらいていた
不安といつても
親しみがどことなくよそよそしいのに
その理由がわからないで切ない
そんな程度のことであつた
やがて或る日　ちいさなきつかけで溶けてしまうだろう
あの予望は何遍もあつた

やがてどんな関係も
あの不安から出発していると知つた
そのとき少女が登場した
ほかに得体の知れない影も登場した
少女は影であつたのか
影が少女であつたのか
影はやはり影であつたのか
そのときからじぶんの貌は仮面のようにおもわれ
じぶんの声は他人のように響き
じぶんはもうじぶんに出遇えなくなつた

いまも喋言つているとき
不思議な男が喋言つている
鏡に映すとき
不思議な男の貌が映つている
愛するとき
不思議な男が愛している

すべての出来事は
よそよそしいじぶんが
じぶんに仕掛けたとばっちりではないか

じぶんがぜんぶ
よそよそしいじぶんに変ったとき　たぶん
死が訪れる

帰つてこない夏

あの夏は帰つたか？
日のまばゆさのなかに
焦慮よりももつと焦げた
ある瞬時の光熱のなかに
さいはてという言葉が必要なほど
白く遠い空の果てに

そうすることがよかつたのかどうか
悔いの真似事によつて
あの空のしたの出遇いは帰つてきたか？
焦げるような艶かしさに
もしも「慕」という名を与えるとしたら

どこへ帰つたらよいのか？
行つたまま帰ることができない
そんなものにみんな名前をつけるとして
それは生きること自体に似ていた
まるで時間の壁にぶつかるような

ゆくところまでは行つたか？
佇ちつくすじぶんにむかつて問う
これからさきは破壊がなければ
どうすることができる？
などと弁解することなかれ
きみがうみだしたのは息を喘えがしているひとつの過敏な神経
と　不信とだけ
きみがもたらしたのはきみの心の軟禁だけ
立ちのぼる明日はない
どこへゆく風信線も絶ち切れて
きみがもたらしたのは監視する視線だけ

みじめな心になつてしまつた病者の眼の光だけ

燃えでた緑にはどこか災厄があつたと
七四年版『理科年表』は　とある頁の一隅に記すだろう
凍える長雨と蒸気の暑さとが
きみの額の冷たい汗に映つた

きみは生涯を賭けたか？
きみは反省の趣味を拒絶できたか？
きみは友の冷たんを無視したか？
きみは病者の首を締めるほど残忍たりえたか？
つちかつた背徳をすべて呑みほして
どんなおつりがあつたか？
演じられた劇のなかできみはいう
〈もはや戻る道はと絶えたが
　ゆく道もと絶えた
おれにできたことといえば

すべての風信をせばめたあげく
　ついにもつとも惨たんたる
　不可能に帰つたこと〉
興行せよ　二幕目を
きみには無限の貸しがある
せめたてる死の債鬼があつても
きみはもう肝じんのヒロインを呼びもどせない？

ある鎮魂

異存ないでしょうか
そういうと
閉じた心に蓋をして
死体のように釘をうち
賢そうな顔をした

困るんだ
そんな言葉があるのを想い出した
困ることだらけになつてから
やつとわかりかけてきた
人間は水に浮くものだ
溺れるのは無理だ

暖かくなつたら泳ぎにゆきましよう
でも　ずつと以前から泳いでいるではないか

泳ぐのをやめるために
海辺へゆこうとおもう
すべての雲　すべてのなぎさ
海に溶ける夕日に
眼ざしで語りかける
人間には黙つていていいのだ　なにしろ
泳ぐのをやめているのだから

拒絶というのは病気だ
はじめから泳いでいない
やめることもいらない
この状態からゆくと
ひたすら腸管のなかに吐息を吹き入れ
ついに　みみずの姿になるのではないか

そうしたらあそこへゆきましょう
ほら　医者がうなずいてくれなければ
どうしても出られないところがあるでしょう

たしかに
そんなところがある
微かな日の果て
霊安室を出てから
母のため涙をながしたことがある
死を運ぶ人が
とてもやさしかつたので
ひと粒の涙のなかに
海は凪いでいた

星の駅で

瞳のさむいある宵のこと
送る気にもなつたものかどうか
首をかしげているうちに
時は氷河のように流れてゆく

ああ　去つてゆく時は
名残りおしそうにするのである
あそこには温もつた心をおいて
じぶんだけはきびしいとおもう氷の風にのつてゆく
時というそのことは
身の内を流れてゆく
そういう幻であつた

足りているか　それとも
渇えきつているか
心をきりさいても痛切ということが流れてこない
ふたつばかり買つた安物の約束をそつと手渡し
星の駅にくびすをかえす
宵あたりから艶めいた空の色にも
縊死の紐が垂れている
縮こまつたひと
かじかんだ町
剝ぎとれるだけ　嘘を剝ぎとつたらもういいのか
あれはテロルであつたのか
テロルを嘆くこころであつたのか
過敏なものは空から垂れた紐につかまつたまま
もう一度
星の駅に　切符を
買いにゆく

果てしない
身は鳥ほどに羽搏くのに
こころはどんどん落ちていつたのであつた

Ⅱ　新詩集以後

太陽と死とは

「太陽と死とは、じっとして見てはいられない。」
と『箴言』のなかでラ・ロシュフコオは云っている
註をつけると「ラ・ロシュフコオは云っている」
という書き方は旧い時代の文士か　または
つまらぬ知識が詩になる
とおもっている詩人のすることだ
だいいちラ・ロシュフコオの方が「じっとして見ていられない」「死」の墓の
　下で
〈気易く呼んでくれるな　おれを判りもしないで〉
と悲しい叫びをあげるにちがいない
そうだ　だれだって詩人でなくても
〈おれを判りもしないで〉

と叫ぶ権利をもっている
きみの隣りのおじさんだって
きみがきみ自身にだって

註をつづける
「彼は同時代の枢機官ド・レスから、
『なんとも得体の分らない物の持主』
という烙印を押されてしまったほど、自分を
洗いざらい人に見せる
ことのできない人だった。
「フランス人に似げなく、笑うことなどは、三四年のうちに、
三度か四度あるか
ないくらいな人だった。
「シュヴルーズ夫人とか、ロングヴィル夫人とかいう
奸智ぐるめな美貌の女性に恋を
裏ぎられて、彼はまず
精神上の敗北者となった。

「敢然内乱の渦中に投じた彼は、巴里城外サン・タントワヌに戦って、顔のまっ只中に銃弾を受け、一時、失明の悲運さえもまねいた。あまりにも筋書どおりの悲運ではあるが、それはもはや、『仮装』でも夢でもない。精神の敗北者はそうしてついに、肉体の敗北者となり終ったのである。

と訳者内藤濯は一九五八年秋の
改版の解説で書いている
註をつける
恋を裏切られると　だれだって
じぶんに冷たくなれる
肉体が傷つけられると　だれだって
他者に冷たくなれる　だれだって
視えない言葉　きこえない

眼で『箴言』を書きつづけている
裏切った夫人たちの方でも 傷つけた
銃弾の方でも書いている
きみの隣りのおじさんだって
きみがきみ自身にだって

註をつづける じつは
「太陽」を「じっとして見て」いられる
という古来のサンカの風習と「死」を
「じっとして見て」いられる
という中世の思想家
について優しい挿話を語りたかった もしも
明日のいまごろやわらかい
木の芽の風がのこっていたら きみも
また語ることができる理路のなか
で註をつけると これはあくまで

詩ではない　語る
と云いながら語らない知識が詩になる
とおもっているのは　つまらない
詩人だけだ

詩人論

The rain comes

ずかずか海に入ってゆくように　そのまま
雨期に入ってゆく　なが雨に
ふりわけられた内部と
外部に
烟っている暗鬱な風景の鏡
溺死しかかった幼児の貌が
映っている

詩に病んだ男に　一本の欅が倒れかかった

つまり夢の片葉
縄文のたき木
赤鬼青鬼の
棲家にしかならなかった大木

荒廃の時代を生きぬくには
つぎのような苦痛が
必要である
〈きみが抹殺したすべての敵によって
きみは支えられている
きみを抹殺したいすべてのもののなかに
きみの親しい貌たちがいる　けれど
否定の無限情熱によっても
世界のこの属性は変えられない
きみは相変らず
一羽の小鳥をひねるように　肌色の
言葉の戦線をひねっているにすぎない

もしかすると
きみの肉体も言葉でできたエロスで
頁と頁のあいだの谷間に
陥ちてゆくかもしれない

〈いま　あかされるべきだ
言葉の瀑布のしたに　なにがかくされているか
安穏と静かの話体に
どんな銛がぶち込まれたか
われわれが推定したとちがう方法で
世界は取引きされている
そのように視えることの
週休二日制の地下鉄のなかで
恋人たちは
袂れつづけている
おそろしいことに
ブラウン管や活字のうしろ　視えないところに

矛盾を掃きすてる
ことが巧くなった者たちが
進歩と自由を占めにかかる
野卑な銀行に　じかに
原稿料が払込まれるたびに
一篇の詩がしめ殺される　どうか
原稿料は　じかに詩人に
現金《げんなま》で手渡しでください　それでまだ電算器の支配から逃れた
爪の尖ほどの自由が購えるのだ　嘘いつわりのない

〈西城秀樹の通俗はいい　荒井由実の懈怠は
いい　イルカの善意はいい　南こうせつの親密はいい
ヨースケ　ヤマシタの憑依はいい
カクマルの貧乏症はいい　チューカクの坊ちゃんはいい
カクローキョウの凄味はいい　日共の薄化粧はいい　中共の千枚腰はいい
ソ連の軍《ぐん》・官《かん》・顔《がん》はいい
偉大なアメリカ　トウモロコシ畑だけがいい

それらをいいというヤングたちはいい　けれど
なが雨の隧道のなか　わずかな亡命の
言葉あるいは言葉の亡命は　いま
しずかにしずかにとおり過ぎる
言葉はさびしくきびしい横貌をもっている

ある註解

「詩とか哲学とかの思想が、若い人たちの心中に生起しているとはいうものの、それは周囲の空気と一緒に吸いこんでしまったものだ。ところが、彼らは、それを自分独自のものと考えこんでいるので、自分の名を冠して発表するわけだよ。しかし、時代から受取ったものをふたたび時代に返してしまうと、ほとんどすっからかんになる。彼らは、ちょうど噴水みたいな

ものさ。引いてきた水をしばらくは噴き出して
いるが、その人工的に貯めた水が涸れてしまうと、たちまち
一滴も出なくなってしまうというわけだね。」（山下肇訳『ゲーテとの対話』）

一八二九年四月十五日水曜日に老いたゲーテが
そう語った　抽象にむかう善が
抽象にむかう悪について
語ったのだ
ゲーテは偉大で
槍玉にあがった
「自分にもよくのみこめないことを書く連中」は哀れか
抽象にむかって歩む善と
悪の
そのむこうに
目白おしの未知が
昇ろうとしている
ゲーテは偉大だ　だが

時代というものは
老いと死のあいだで
成熟するものでは測れない

われわれは大なり小なり
モチーフだけあって主題を喪った世界の
泡沫だ
つぎつぎに昏睡して倒れる人影に
一瞬の火花をみるとき
そこに生涯と墓地とを同時にみている

「自然」に敷きつめられた楽園が
われわれの生と死のあいだにある　けれど
時代は
漂流する眼にしかつかまえられない
われわれはときとして
じぶんの眼と眼のあいだに変身して

「ウェルニッケ野」への旅か
「心音」への帰還か迷いながら
佇っている

つまりわれわれは
「詩」と「哲学」について　ほんのすこしちがう
考え方をもっている
たくさんの遺言を集計すれば
老いと死のあいだで
漂流する眼から「自然」へ
跳びうつるフーガの形をした曲線
さびしい言葉の曲線
これが詩だ　ほんとうは
ひとりのゲーテも
「自分にもよくのみこめないことを書く連中」も
いなかった

われわれのあいだで
詩である条件はたったふたつ
「揺籃から墓場」まで　ひたすら
「自然」のみをうたうこと
全体に暗いが
人間も「自然」の一部だ
債鬼がやってくるまえに
早く死ぬこと

詩は手続きが耐え難い鳥たちの
跳び越しだ

追跡

ひとは
よくみられたいと思うものだけには
虔ましく振舞うものだ

まるで「信」と「誠実」の塊りのような
ある詩人が
我慢の堰をきったように
のんだくれの醜態をみせたことがある
時間も
わざと遅れてきて勝手に喋言って
そそくさと引きあげた

たぶんわたしに「悲しみ」を贈りたかったのだ

わたしは想像の探偵社
詩人のあとを追った
かれの海岸の家には心と銭の
債務が待っているのか
窓からは何ものぞけなかった
ちょっとまて
そのまえに新宿へんのバーに寄って

たしかめる必要がある
うわさと囁きでは
馴染のどの飲み屋にも
借金と話題をおいているはずだ
女のうわさだけは
ふしぎとない

探偵社にも
ふたつある
あらゆる道徳は不道徳で
あらゆる醜聞は自然で
調査はただ魂についてだけ
されるべきだ
このモットーの追跡に
詩人は杳として姿をあらわさなかった
想像の調査報告書には

こう記さるべきだ
「推定によれば
ちょうどその前後のころから
失愛したのであります」

飢え

詩人は
飢えている
父親をもとめる孤児のような
非難をかく
「ユウモア」のつもりとしかおもえない
若い詩人のための賞を
じつに三年もつづけて三人の大詩人がたらい廻しにした
恥も外聞もない
飢えているのだ

詩人は
励ましが必要なのだ　病人みたいに
カロリーを制限されて「それ」がわかった
飢えは
栄養失調でも空腹でも　厳密にいえば
ない
オピウムあるいはマリファナあるいはLSDを求めるのとおなじ
禁断症状だ
「それ」を断つために
じぶんを誘って自分と遊ぶのに
街に出よう
あらゆる街は食欲からできていて
装飾のように溢れている
さびしい禁断症状のために
文明はすべて
暗くみえる
「そして現在、世界のどこかで八・六秒ごとに一人、飢えで

死に、世界人口の六〇パーセントが飢えに
苦しんでいるという。」（古川愛哲「飢える」）

そして現在
世界人口の残り四〇パーセントは毎秒
食欲に飽和し
飢えることを文明の医師から
強要されている

瞬時

わたしの傍に
時間がきて坐った
語らなければならぬ　眼ばたきと
眼ばたきのあいだに山と
河と斜めの平野があり　夜には
おびえたひとたちが眠れるような
カテイジの在る物語を

眼ばたきと
眼ばたきのあいだ　瞬時に
ある完結感がなければならぬ
ひとが袂れるひとにかえるのも

きみが旅するものに旅するのも
おおきくなった娘たちが
そむいてゆくのも
そのあいだ　わたしは

おぼえている　眼ばたきと眼ばたき
のあいだ　数えきれない諍いが
疲れはてていた　眠りたいと
おもった
けれど
どうしてこんなに働いたのに

場所がないのだ　時間が
雲にただよっている向う
ひわ色の暮色に　ほんとうは
魂を容れる寂かな容器がないのだ

いまにも絶えそうな　微かな
息の下でも　たくさんのたくさんの感じられた
世界が過ぎてゆく　ひとは
ふたたびたれかと出遇い
あふれる宿駅には　老婆となった
わたしの娘たちが
カキ餅など販って暮していた

通りすぎるとき　いくら年とっても
ああはなりたくないなどと
つぶやいた

秋の暗喩

言葉が落ちてくる
秋
数行の枯葉と一枚の言葉が貼りついている
空
見かけよりはやく疾走して
忘れてきたとおもっている
過去

ほんとうはきみは恐かった
どうしても告白できない夢を
みんなもっていた
電車の箱で出会った隣人の貌は

視えない過去につかまれていた
早熟の天使は早老の酔っぱらい
きみのアルトゥル・ランボオも
地下鉄のあしたのジョオも
詩人としてはおなじ箱だ

つまらない
人生はたたかいだという伝説
時代はたたかいだという香具師の群れ
戦車が大量に必要だ
と主張した小父さんがドブに墜ちた
米国製トライスター
ジャンボ戦闘機
核弾頭ミサイルで遊んでいる
兄さんは昨日まで受験勉強中だった
ソ連と中共がおもての
涙河をはさんで演歌を

弾奏している
〈北極のクマ
湖南のリュウ〉
老ぼれ学者の幼稚な頭からでた
ごりごりの協会派と
芸能人の口からでた
猫なで声の反協会派とが
小さなスターリン精神病院の中庭で
まだ水遊びしている

さびしかった僕の庭に
すこしにぎやかな祭りがかかる
靄もかかる　死もかかる

よい比喩のなかで人は死ぬことができる
暗喩によって死んだ男がいる
かれは暗喩によって三日後に蘇った

と記されていた
この夏かれを探しに
富士山麓　御殿場インターチェンジにいった
ひとは墓場からでなく
言葉のなかから蘇る
緑の麓は　緑の暗喩
夏の終りに言葉が死んだ
葬式がすんだ

秋
僕は懸命にかれを追った
言葉のなかにも　いなかった
伝承のなかにも　いなかった
人間のなかにも　いなかった
苦しい微かな暗喩に
たった一瞬に映しだされた
近親たちに裏切られ
同志たちに背かれ　とうとう

じぶんじしんに見棄てられた
「エロイ、エロイ、ラマ、サバクタニ」
という物語のなかに　ひとつの暗喩になって
復活していた

その話は受けなかった
その話は終らなかった
僕の暗喩は
どうして信じられるのか
僕にわからない僕の話が
どうしてひとにわかるか
ひとつの暗喩が成立つためには
言葉と言葉のあいだに
事実よりももっとたしかな
幻想がなければならぬ
殺意がなければならぬ

戦争をなつかしむ詩人を
軍歌とインディヴィジュアリズムが一緒に
出てくる口唇愛を
国家と海のロマンが
蘇える思考の姦通を
扼殺せよ

嘘はどうしてでき上るか
小さな懐古にふと耳をとめる
痛みに閉じこめられたベッドより
看護婦が綺麗だったことを語りたがる
入院患者のように
溺れかけて呑んだ潮の苦しさより
イルカのように泳いだと誇りたい
幼年の夢のように
向う側でとび散った肉片の蒼白さより
撃鉄が重かったと語る

詩人の戦争のように
秤が傾いたとき
心の秤が傾いたとき
かりに秋と名づけた
その世界で
あなた方はみな
云うべからざることを云っているのだ

心せよ　あなた方自体に
遠離かるとき足の塵をはらえ
よれよれの世界へ逃げてゆく
秋
追いすがるものの足の裏に　小さな
魚の印がある
秋

鳥をめぐる挿話

そんな断片はいくつも
心をすぎていったさ
青空よりも蒼い詩
夕焼よりも赤いハンカチーフに包んだ失意
出ていった門にのこされた約束のかかとに
踏みつけられた日常
だがきみはきみを救わなかった
救えなかったのでない　救わなかった
死ねなかったのでない　死ななかった
終れなかったのでない　終らさなかった
意味はいつも昨日で中断される
今日はいまも

永遠に駈けつづけている
きみに今日があるためには
今日がきみでなければならぬ

たたかえ！
旗を振れ！
殺せ！
最新の言語学ではこれは命令形ではなく
ジャックの豆の木のように空に消えてゆく
蔓の已然形だ
〈たたかえば〉
〈旗を振れば〉
〈殺せば〉

今日　鳥よりもはやく堕ちてくるものがあった
平つくばった時代の空を
渚のチンドンが行列してゆく

しっかりと投げられた綱に
捉まったとたんにきみは堕ちる
「どう思ひます？　鉋を使つて
挽かうとする者を？　鋸をとりあげて
削らうとする者を？」
今日　鳥よりも完全に唱うものはいなかった
鳥を超えなければならぬ
唱うためには
乳首を空に捨てなければならぬ

感情の角をまがる
きみはふたたび視えないひとと会い
語らない言葉で語る
いつも出発しないならば永久に出発しないことだ
家にむかって出発するひとと　家から
出発するひととが出会う　虹のかかと
言葉の傘

水のような街角
頭脳はヨーロッパに　感覚はアメリカに
斑らな交通標識がたっている
過疎になった故郷の村に
見知らぬ清楚な花がさいたか
曙の鹿の音にあわせて
露草を大鎌がなぎたおしたか
乙女らに離婚の夢があふれ
子供たちは不老の薬草を採りにいったか
つぎはぎだらけのコンミューンは孤立した　きみは
田ぼの畔をはさんで農協と
農耕機の導入についていい争っている
〈サナエだべさ〉
〈耕二　耕太だべさ〉
〈ようするに戦闘機技師の血糊のついた設計だべさ〉
〈身すぎ世すぎのひと巡り〉
〈戦後はおわった〉

〈あふるるものは涙かな〉

今日　きみが受けとめているのは　堕ちてきた
鳥の死骸ではない
いろいろな点で鳥はまだ空の鳥だ
おぼつかなくつるみあった言葉が
時代をつくっている
愛する鷺の姿勢から堕ちてきたのは
新築のビルであった　午後
きみは京橋フィルムセンターの映写室に
昭和十年代と遇いにいった
暗い口紅の字幕に　雨の貌が
ひっかき傷のように降っている

韻の少年

じぶんたちだって
世界じゅうの出来ごとに飛んでいける
紙の飛行機で

それから後　少年の内なるガラス窓
明りが映ったことはない

手籠のなかは猫と
小鳥　たかだか公園の
かや　さるすべり　櫟の葉
ちからいっぱい引きちぎった草花など

少年がつきあえる事物
こわれやすい温度と硬さの範囲にある

ある夜
夢の柵に肢体がひっかかって
も掻いた
小鳥のように

ある薄明
雨に嚙まれて
め覚めた
猫のように

つぎの午後
時間のないような葦原に潜んだ
太陽と吐瀉のほかに　少年を
誰かが見つけなければならぬ　だが

韻は
青錆びた空を
探した？

佃川を渡って
白い驟雨の脚が走る
そのあとを小さな韻が追って
向う岸にあがった　失踪は
じぶんたちだったとおもうけれど
記憶がきれいになりすぎている

少年を決定的に成長させるものは
夜ごと繰返される血の父と
乳の母との
諍いでなければならぬ
睡ったふりをする
不幸な耳

諍いは
すべて貧からやってくるとおもった　あるいは
人間を間違いおおせるかもしれぬ　諍いは
すべてエロスから
やってきた
のであった?

たちまちに韻はある楽章に変れる
後悔をしらない嬰ニ長調に　しょせん少年は
欺かれる
「結婚しようよ」
恰好のいいのぼり窯で焼かれた
娘たちの形に
尽きない永遠の絶望がある?
「絶望の雨に濡れるのは　いつも
時間の脚です　傘のような屋根の下に

行きましょうよ　希望の靴をはきにね
誰でも作れるのに
あなただけが作れない紙の靴は
ありましたか」

「怖ろしい緩急って
あるんです　韻をなくした言葉は
触知の機能をもちます
半生を思い違えて
死へ昇りつめるディー・ドイチェ・グラマティーク
その体系はこわい未知
あなたの貌も
そういうあなたの貌も
こわい未知」

明日から何年間かかかって
調べなおすんだ

人間とは　エロスとは
貧困とは　未知らぬ韻とは
それらを知るとは　立ち雨のように
シリアから降ってくる死の宿題

ライン河の向こう岸に
土気色の冬が去るときに
小さな定型たちが
ニワトコの芽ぶきを
見上げている
おおハインリッヒ
フォン・クライストのドイツ
言葉の韻の森の奥へ
帰らぬ旅にでていく
のは誰？

小虫譜

ぼくは死なない
死ねば一緒に死ぬものがあるかぎり
たとえば庭の石ころのしたに
いるハサミムシ　驟雨が過ぎてなかなか引かない
泥水のなか溺れそうに泳いで渡る
霧のドーヴァ海峡
乱流のなかの敷石の涯へ

たとえば
サンゴ樹の葉のうらのキリモトラ・アブラムシ
一緒にどんなに来る日も
来る日も亡命を準備したろう

闇のダマスカスへ　あの雫の吹きよせない
酷暑の檐の裏へ

たとえば
ミカン箱の方形の第４収容所
すこしモダンなプラスチック製の軍刑ム所
終身収容されたウラボシ科へビノネゴザ
すれちがいざま来る夏もつぎの夏も
脱走について暗号をかわしてきた
水ぬるむ森林の大スンダ諸島
坂のしたの列島へ

そこに何があり
ぼくらは何をしてきたか
高尚と壮大の神学を排して　できるだけ
小さな存在と組みたかった
大気に発電する太陽に反抗して　その熱線の

とどかないさき
蟻の未来のような虫の政府を
建設したかった

この企図には悲しみが容れられた?

朝顔の蔓のさきから光る繊毛に
映ったのは露のような虫たちと
虫たちとの訣れか　邂逅か
ゆきたくなければゆくことはないと
囁いている羽虫の母
どうせどこへ逃げていっても世界が牢獄だ
ということは　この社会では決定されている
と散乱と同型の理論で説明する蜘蛛の小さな息子
これはちょっとしたいい風景?

〈絶対的真理の大僧都〉がいないので
世界の外にでて抽象的な反抗と
抽象的な理論にふけっているという声がきこえない
風に揺れる木の葉の音
樋の問う瀑布へ

世界の外にはじつに
世界があった
虹の油煮とふりそそぐ緑の蛋白質を食べて
まだ明日のさきに　動く密林のような
明日があるさ
虫の論理にある巨きな拒絶
咲く音楽の日の革命

渚からの手紙

冷酷な冬　無惨な夏
読本のような
そんな絵の専制はなかった
この空に夏と秋の雲の階級　いちばん小さい窓から
熱いとおもえば冷たい　冷たいと
おもえば熱い怖れの驟雨
正確な心をはぐらかすような
時は寄せない
なんとなれば　小さく痛んだ夢
齟齬の記憶しか
運んでこない天気輪

どんなに
歯がみした
悪を慕って千里　仇を愛して百里
島がおわるたびに
季節がおわる
播磨の雪　蝦夷の酷暑
憎むべき者たちへ の恋
おおく季節外れの巷の裏店で
やさしい貝類などを販《ひさ》いでいた
すこし図に乗って
冬の祭礼　秋の氷菓など
喰べていた夢は
細々

ぼくは知っている
習った学校の日の道徳は

輪廓として三分
強さとして四分くらい
黄昏の巷の靄のように
描かれる浮世の線の音楽は
無為の残酷な
響いてくる遺恨

学校の日の道徳のために
みんな探しもとめた
三百年に四度あった忠義の話
薄い草紙に
生涯を埋めた紙魚の夢

「一九七八年八月の　この夏は
ひどすぎる炎の専制だ
情けない良心の齟齬が倒産した
ぼくのために

きみのために
熱気に射すくめられた鳥たちは
堕ちてみせねばならぬ
抜けるような
濃い空の革命から」

「たしかに蒼い古典
伊都国の渚にするどい巻雲が引かれる
布陣を忘れた戦士のように
あたたかい水が游戯している
そのとき
きみはもう海に堕ちていた
鳥であったか?」

「緑が緑に折り重なって
遠くまできめている喩の空
習ったようにとべない言葉の波

視えないものの間に
折り重なって
ゆける旅程が知りたい」

これに似た日

街の灯火の全体の淫らで貞潔な曲線から
融けて夢精のように流れ出る灯火
建物の岸にならんで　舟客を招く娼婦のように
絶望的な眼の内部にともる灯火
瞬時に揺れて精霊舟のように
魂の高速路で事故死した灯火

小鳥のように降りてきて
あなたの肩をつかまえる灯火
支えていた記憶が闇になった
あなたは巣箱に帰って　眠っている小鳥たちに
敬虔に訊ねている

これに似た日があった一万四千日の以前
列車の窓から沈黙の粒になって
降りていった野の夏
敗けた壮丁たちが焼いていた魂の色
死者の不正は
死ななかった者の偏執に生きている
きっと小鳥たちは旅に出るだろう
一万四千日の記憶の旅に
メコンデルタが雨季で氾濫するまでに
空虚と空虚の谷のあいだは
緑の砲列が敷かれている
退却せよ
すべての旅は終りから始まる
痛みが迷走する
世界の肩のところで
負傷した虫のように逃げていった
約束の歩兵たち

冒険しない鳶はいなかった
無口な河岸に飛んできた　しののめ橋
海嘴のさきに描きつけた　あけぼの町
風景に使われたパステルの色は
何色？

歩いて寂しい昼の筏を渡った
夜の前に空腹な落日に出遇うために

「灯火ハ暖カクフクランデイル」
「一之橋　二之橋　三之橋
マタイデ渡ル太鼓橋」
不安な貨物船が通過する前に
巨人のように開閉橋をまたいで渡る
夕方の食卓といっしょに
童話が片づけられた
父は語りはじめる

すべての都市が徒労であることを感じさせる
唐芋ばかりの郷土史を
少年は橋の途中で「不在ノママ」参加している
視たこともない郷土から
追われてゆく舟大工ヨセフたちの物語
家主がきたら消えてしまう設計図のように
ひとつふたつと消えてゆく孤独な建坪
あなたは視えない河岸に沿って
魂の空地を訊ねてゆく

「空でたたかっているイロニイの星よ
死んでおちた風の壮丁たちよ
口から霧の泡沫をふきだして
湿地帯の娑婆に朽ちてゆく苫の破片のように」
泥濘に斃れた少年の
手帳をあけて視よ
「善行ごっこに憑かれたあげく　既知の説話は

どこまでも奈落に堕ちていく
善ばかりが語られる世界は　そのまま
そっくり悪なのだ」
小鳥たちは旅をやめるだろう
一万四千日の記憶の旅を
遺跡みたいに
緑色の迷路がつづくバーズ・アイの競技場で
貧弱な死の競走をしてみせた
表情のないエイシアの壮丁たち
正義がみじめになったのではない
すべての正義はみじめなのだ
少年の瞼を撫でて永く眠らせよ　手帳を
とぢて祭壇に具えよ
「何よりも強者に死を
何よりも弱者に死を
絶望による絶望のための懲罰を
この世界が飴のように少年の手に握られるときに

甘美な膵臓でつくられる血糖値のために
諸説と諸王の専制に死を」

東名ヨコハマ・インター前
ホテル・クイーンエリザベス「石庭」
（今宵あなたと憩いのひと時を）
ファッションホテル「目黒エンペラー」
（あなたはどのお城がお好き？）
（あなたはわたしのおもいのまま）
就眠儀式の瞼を　天使の手が撫でると
消えていったテレビ・ドラマ「十手無用」
「夜」から「夜」へ入る
世界

渇いたのどへ

朝　歯を磨かなかったことが
その日の不安になれるか？
破局を怖れるためにほんのすこし
間違って理解されようとした
じぶんだけに映った罪は
鏡になれるか？

われわれは錆びた銅鏡なのだ
完全な内面というものがあって
たれもそこから誕生したという
架空の話がなぜ信じられるのか？
四十二歳のときの長女の肺結核で

七十六歳に打ちのめされて死んだ父よ
子の状態ですべての歳月は数えられる
ひとつの状態にはひとつの心が対応する
べつの状態になったときもはやべつの心が対応する

人間は「食物」と「旅」から成っている
アレキサンドリアの街を
行けども行けども
果てしなくつづく喰べものの露店の列
そこを痩せこけたペルシヤ人の子供が
光のようにぼんやりと
歩いたのではなかったか？

架空の手紙に埋めてきた
恋の秋によろしく
これから耐えがたいほど暗かった
一昨年の冬に遇いにゆくところです

なお二三の丘の樫の木
鳴き残れないで
風に散らばっていった鳥たち
もうすぐ
すべてはひとつの色合いになり
空はイレーネの髪の色

辻々の祭りはすべて
終りましたか?
そのあとに思想を撒布しましょう
しづかにゆっくりと
渇いたのどへ

抽象的な街で

べつべつの空間にいる海ツバメと梅雨とは
たがいに触れあわずに
屋上にのぼっていった　風の不始末のように

いちばんあつかいにくい善意を
販りにきた
聖書の娘マリアと
いちばんあつかいにくい悪意を
もってきた
税吏エペソとが
ちょっとした魂の換算が必要なために
橅の林の通り道ですれちがう

夕闇とこおろぎにかこまれた
不幸な旅よ
無意識の青いみずうみ
失望が刻んでおいた奇妙な鏡に
鬼あざみとつめ草と幼時の声が
反射している

ちいさな天敵にかこまれて
いちばんいま関心をもっている事柄は
ときかれてちいさな虫たちがこたえた
心を動かさないで時間の闇に収縮してゆくように
鳴くことだ
それをおぼえるのに肉体のような
官能的な草原を駈けぬけたい
疲労ははじめのうち回復ができる

きのうの日附けのしたにちょっとした
午睡の時間を記載することだから
重畳される疲労は
記載する明日の欄外に
書き込むよりほかない
やがて
日附けの外に
記載される
こおろぎの死と呼ばれようとして

田舎の駅の草むらでいつまでも待っていた
十七歳の日に思い立った旅で
列車はまだ内面から出発するとおもっていた
永久に故里へ着けない
美麗な風景である極貧の島へ　亡父よ　こおろぎよ
海に面した墓地に別れを告げてください
あそこでならば　永遠に

眠ることができたとおもいます
時間は　不断に停ったままだ
太陽と凪ぎのなかにあったのですから
もうそのことはおわりました
いったい何がおわったのだろう?
あなたは何におくれたというのだ
最初の出発の時がやってきて
あなたは腕の振り方をみる
栗の木の上の空に

ある抽象的な街を
影が足元まできて
とまったながい夕陽の街として想起している
虫たちの還俗する眷族よ

古くからの旅籠

古くからの旅籠
春の鳥が冬の蔭にはいる屛風をまわって
旅の客に揮毫された部屋にはいる
額縁のように逃げていった
恥
あとを追わずに眠れ

学海、牧水たまに旅の日の茂吉
かれらの作品は意外なところで不朽だ
作品には二つあるとおもわないか
ひとつの作品は
虹で虹を書き

古くからの旅籠に　雅号と一緒に
残してきた
もひとつの作品は
火葬場の重油よりもなま臭く
骨に染みついていた

夜陰古くからの旅籠を
出ていったのはいずれの作品だ?
後を追う
故郷へいったら
借財を柱にくくりつけたまま
ひと握りの風評であった父よ
あなたの作品はわたしだ
孤独な顔のうち
じつに相似の鼻すじについて考える

古くからの旅籠

安堵の厚味をひさいで
どれほどの歳月だろう?
拒絶した眼の旅客には
筆と硯がむかないことを
知っていた家訓
うその歌〈寂しさの果てなん国ぞ　今日も旅ゆく〉

古くからの旅籠
息子たちはも掻いた
至上の聖母と至上の子たちが孤独になった日
村の外れよ
「いい日旅立ち」　賑やかなロック・バンドの出廬
息子たちの馬鹿づらが
リズムの十字架なのだ〈ヒー・ダズント・リターン・フォエヴァー〉
古くからの旅籠
すべての父と母にとって　子は不出来だ

柱のうしろに動いた人かげが
無限の廊下を去ってゆく
次の客　次の客こそ輝きなのだ

古くからの旅籠
今日も無事だということの奥にひそむ腐蝕
風に沈んだ鎮守の森のようにみえる
屋敷に代々　娘たちがのこり
息子たちは走った

古くからの旅籠
その守勢を甘くみてはいけない
女系が掌のひらに握ってきた落日
記録では　遠来の客たちのすべては
多少の讃め言葉をのこしている

海に流した自伝

詩

いつも海に流した自伝
静脈に運ぶ河
筋肉に鎮めの村
農具はとっておきの潮に詰めて送った　魚よ
空の灯火は
死んだ罪の星だ

収穫を量るのにつかった風の網目
墓には恩赦を拒んだ流浪の魚を埋めよ

詩

いつも海に流した自伝
潮のなかで感じた生きることの辛さ
泡のように死んだふりをしながら
越えていった海峡

あるさざ波のおりてきた日

「真実は地獄のようだ」
革命は革命が欲しいのに
人々が欲しかったのは新しい偶像であったという
不朽の芝居の筋書き
上演禁止が解けた日から
人間という概念は消えた

「——と、ついに、波のあいだに駅馬が立つ。
たくさんの港は、過ぎ去る。」

音もなく竹の叢林が
空のなかでざわめいている
揺れている影のような緑の塊り
無数の忘却のように　魚よ
誘われていった
秘密の渚
視えない舟べり

頁《ページ》が海辺のように薫る言葉のなかへ
流しこまれていった縁者の死
一日休んだことで非難された娘たち
学校が音楽の心室で
いま閉じようとしている水門

まじめに暮している魚たち
手堅い現在をへだてた暗い過去のように
鱗を透してみえるありもしない未来

長い憂鬱な水槽の旅はありうるか
吹き寄せられた
眼にみえない岸辺を視ようとして
無限に泳いで　つながって
滑ってゆく魚藍坂

こぼれおちる長い砂
まだやってこない語の発見のあいだに
朝の水辺で拭くかかと
ほんとうはもうながいあいだ
海は草の匂い

魚にはなぜさまざまな形があるのだろう
潮のさまざまな愛撫の形をよけてきたからだ
海よ　おれたちはいつまで泳ぎつづけるのか
魚よ　始めから終りまでだ

木の根に帰る司祭

木の根に帰る司祭
紙で漉かれた聖書のうえを
歩いて明日は　もう
シリアから海上へでるだろう
かれの貌からでてきた木馬

子どもたちがまたがったまま
じつに深い哲学者と哲学者の対話を
きいている

すべての争いの原型はそこだ
冗談がまじめになるときの嘘が　頭上を

すばやく通りすぎる
気がついたひとは　もう
旅という旅をやめて
旅籠の主人になった
旅籠は「新しい約束《ダス・ノイエ・テスタメント》」という屋号にする

われわれは　みな
旅籠屋か哲学者だ
魂について知っていることは
ぶちまけられて　世界に分布している
レジに打たれた得失
ふるえる秤の上で量られた
魂の色

あなたが不服ならば
また旅装だ
わたしはイマージュと物について　貧しいので

くりかえし　もとにもどる
悔いの根に帰る些細は　枯木の
枝から山鳩のように
降りてきた　泣いた家
寺院の庭が視える屋根の下で
あなたが吉凶に触れる日々
眼を洗うような三月の空に
子どもと鳩が翔んでいる

死の教堂に入るひとが
霧が雨のように降る早朝に
風景のなかに現われる
かれは見かけのうえでは　普通のひとのように
頭巾と袈裟を掛け
白足袋のなかで経文のように
四角く歩いている
あなたの眼はふたつにひとつだ　かれに

無限が宿るとみるか　それとも
もっとも価値のない反抗とみるか
あなたは煙った
平野のようにひろい教理から
たった一行だけでてきた旅
それをみるか
ともかくも旅　そして旅

完全であっても　なくても
ながい砂漠をとおって　死海のほとりにでた
わたしより　あなたの父や母
または兄弟や姉妹をいとしいなら
けっきょくは　その旅は駄目だ
旅籠屋の主人がいった　遠い以前
まだ半人半馬の子どものころ
修学旅行でいった　アミナダブの支派の里
軍旅の果てに毀たれた廃墟

まだみたこともない空間があった
そこよりほか行くところはなかった

駱駝の疲れと一緒に
最悪の動機を夢みることを教えた
旅籠屋よ
救いたまえや　皆さまよ

つぎの列車にのって
木の根に帰る司祭　洞くつのなかにある住居
すべての旅と記憶を
一枚の画布にしてしまうために
木の湯にはいった
エジプト豆をかじった

平日
鳩はもう寺院の庭にもどっている

鳥の話

コーナー・ワークの下手な走者のように
ここで　きっとつき離される
じぶんの距離から世界の在る場所まで　だから
なにかした感じが来ない
何町何番地の生活　いま昼食をとる
その腕のしたに　解けかかった娘の宿題
高次方程式の切れ端が視える　そうやって
解けないことなどこの世界にあるものか　わたしはたくさんの娘たちに
云う　学習の柵のむこうに住む娘たちまで
まるで　せきれいの巣とつぐみの

巣ほど距っている

ペット・ショップの親爺が
語ったのは一種類の鳥の巣と一種類の
鳥の死　六歳のわたしは納得したものだ
雀たち　燕たち　鳩たち　それから
鳥類図鑑だけで視た鳥たち
それらはただ「ヴィ」というような鳴き声で
総括される
喉をもっていた

画家キクジ・ヤマシタの家族である
ミミズクやカラス
それらが語った
ひどい声の
懐しい思想　画家ヤマシタは
翔ばない鳥たちの肖像を描いた

「もっとはっきり描かなくちゃ」　生きものの
法則に支配された六歳の娘が　画家ヤマシタに
忠告したものだ
ひとの思想を支配する懐しい鳥たちは
暗い背景で　微かな光線にのせて
羽毛のように放すものだ
翔ぶ？　あるいは翔ばない？

そのとき微かな風で　世界じゅうの
秤という秤が　いっせいに揺れる
きみはそれを視るか？

「イメージの八〇年代」
たくさんの娘たちはそれを視るか？
ある日「無意味」に酩酊して帰った

映画館の放課後　娘たちは
云った　一本は「まあまあ」のでき　もう一本は「いまひとつ」
斜面や亀裂がなくなった　われらの時代の画像は
すべて　ふた種類の評語のあいだを
歩いていった
いちまいのスクリーンに消えてゆく「死」の死

過去の廊下のように　不出来な
理念が落ちるように　エロスの鳥たちだけが
肯定にも否定にも無口なままで
翔ぶ？　あるいは翔ばない？

水の死

水はのぼり　水はおりる
姿はきまっていない　そのように「死」が書かれた本は
もう書かれたか？

いつか真面目な色彩で
美学にとろけた絵本をつくろう
折々の反古に花も咲かせよう　だが
しばらく感じないうち
感ずるものたちはどこへいった？
夢をいれる容器のような　噴霧状の
曲線を描いた娘たちの裸身は
老いた？

ある時どうしてますかと訊かれた「死」の人形
その持主みたいに人形を愛している
答えた恥骨と恥骨
この感受する森の耳のような
夜のビルディングの底で
刺す木の葉がつきとばし　渦を巻き
群れになって消える

不幸な漂死として
絵の水はみなふわふわと膨らみ　また
膨らんだものをもとめ
おしひしぐ洪水をうまく避けて
指と指のあいだの空間に　鳩のような
教授たちを描いて
無感動な言葉の玩具をひろげる

繁栄する校舎と鳩舎
繁栄する教授と業種
前を行きあとから慕う
記号の兵士たちと醜い看護婦
遠征する言葉の旅団
負傷したものが猿にされた野戦病院

「三時のあなた」から
五時半の「機動戦士ガンダム」まで
絵の家族は無事で　少しずつ
光のとび交う幽界にちかづいている
水のように注ぎ　水のようにねむりこけ
絵かきはよくやっている　予感のように
予感のとおりに

魚の木

河床から水がもれる　ある不思議な晨
孔を塞ぐため鋳掛け屋が呼ばれる
終日たがねの音がして
錫の鋲が打たれた魚たちの腹部
水が闇になる　水から

水のなかに
投身した魚の音
雫が草むらを伝わって落ちてゆく
魚は泳ぎはじめる　もれた水を潜って
河原まで出てゆく管の旅

わたしが塞いでいるわたしの河
継ぎのあたった　それでいて
どうにもできない水の布につつまれ
わたしの掌で　干されたまま
魚が苦しむ
木になったあなたとわたしのあいだ　いつも
片側をとおっていった水の老師

魚につめこまれた宿題
鱗をくぐって　つぎつぎ解答された
奇怪な水の予習
最終の頁からはじまって
園児の手にかかった短い手帳　或る日
河から剝製の孤独が引揚げられる　そして
最後になった水に軀を横たえた
ねむるほかなかった稚魚

洪水は魚たちを孤立させる
数行まえの河にいた
言葉になった稚魚は　もうけして
意味の耳に帰れないまま
ひどく崩れやすい岸辺の木になる

一本の削られた風の魚
空に刺さった骨の形　そのままで
雁のように濡れていった空
母が本のなかで魚を喰べた
縫いしろを少しだした子たちの
泳ぐ旅のあいだ
落ちた木の葉
拾われた霧の粒
明かりを消すと
どことなく雲の形をした明日

風を囲んで鳥たちが坐っている　この木は
むかし絵本の主人公で　紙のなかで
紙みたいにけっして揺れなかった　幹として塗られた
インキの色と匂い　描かれた葉の線のあいだ

眠った写実的な魚と魚
木は苦役のあとほんとの木になった
木はあるだけで罪になる秘密の家
岸辺をみようとする魚
雨と水はみな魚の鏡になる　全体的な
あの水音から出てゆく夢

魚は泪をくぐり　それから水に眼としてねむる
木の宿とする旅の終り　いつまでも
たどれない地図　わたしたちに削るための鉛筆と
手斧がない

赤い絵具で描かれた森　そのなかの魚の木よ
遊びにすべき日々が
目次からつぎつぎに消えてゆく
画筆の駅であなたたちすべてと
つぎの一行を改訂している　あなたたちの胸に
入りこんだ魚の木　そこから
もうけっして出てゆかない
やせた二本の枝のあいだで
ひとつの街が成熟し　あなたたちは魚
乳母車の手すりをこえて
歩いてゆく木

本草譚

いらないほどたかく刈りあげられ　それでも
丹念に乾燥された
薬草を採りに
いま崖ふちに降りてゆく
どこかにたどりついて
薬草になりたかった
よい効きめ
よい病い
よい死でさえある　あみがさゆり属の　ひとつの草に
ししうどの根と
みしまさいこの根が　秋に
どこかの空で　颪に埋もれ　語りあっている　それは

冷たい微風として聴こえ
　耳で刈りとられる

一本の茎や根なのだ
一まいの葉なのだ　そうして
草刈りの鎌の刃さきに薄く
かかった鋼いろの匂いなのだ　秋に
「ロシュコアール山の
尾根つづきの物見台に佇ったら
三つ叉になった樹林や
下草となったアステル・タタリクス・Lを
ひくく撫でてゆく風に　どうか
忘れないで挨拶を
「以前に
その風に愛されたことがあります　まだ
すべての草は薬であるか　喰べて
死につながると信じられていたころ

一本の薬草でした
「狂気はすべての薬石　どんな
知的に並んだ山稜も
葬列の旗のように　背に
薬草を繁らせていた
きららのような氷で　すべての
治癒を刈りとるために　山頂の風が
荒れ狂ったとき
煮つめられた狂気は　乾燥されて
死の粉末になる

一個の花冠なのだ
イリス科のねぢあやめとして　鳥たちの
囀りを喰べて　膨らんでいった　その
未知の成分に　紅紫いろの
快をさしとめられた

葉の声

入江比呂さんに

葉は街のうえに撒かれる　するとどこでもない
どこでもいい街路で　佇ちとまった人たちの
対話になる

対話になりつくしたものは　みな
しだいに木みたいな影として
夕べの空につき刺さる

燃える声は　ゆっくりと空を流れて
妖怪みたいな露路うらで　老女が起した
ちいさな火災になる

おさえながら騒ぐ葉の声
むらがる鳥みたいに渦巻いて
墓地を端から端まで
歩行する黄色い紳士たち

木にまといつき　木の高さで
きこえる葉になった　世界の芯で
幹の非在がうたううた
枝にうたれたあえかな
鳥たちの鋲　川は
錆色の葉脈として流れ　その奥に
薄命の鹿が走りこんでいった

さあ　鉄と石の葉
少女たちはその下で
透明な精緻を囲んで焚く

字画の挿話

樹木の窪のひろい入江に
舟を着ける　港からすぐ
活字をとりよせて
道という字画を貼りつける
そこを走るものは　どこまでも
木の匂いがおわらないうち　もう
繊維と樹皮のあいだで
生涯をおえている

おえたあとは
露のしたたる山甲斐の墓に
風という活字がいつまでも語りつづけ

かんがえるかわりに
ただ眠ればよい　眠りという字画のおわりまで

不完全に眠ると　うとうと
夢を誘われ
透明な樹液の川をくだる
椀という字に似た紙の兕の音が
孤独な夜明けに
母の囁きみたいにきこえる

連れもどすのだ　母から借りた字画を
まぶたのうえで聴いた　吐息みたいな
記憶の本のなかへ

背と胸の字画を組みあわせ
めくるめく死の列に並べる
この世界は　まったく改版される　そんな

あたらしい語の波が殺到している
やつらは樹木の入江でおびえる
用もないのに　母の脳をうち砕いた
そのあとで
逃げまどう父を刺し
権威ある『英和辞典』のなかへ匿れた
モルモン教徒の子は
おびえた予言者だ

字画と
かんがえる映像に使役されて
辞典のなかに訳語を探索する　すると
語のとおり世界は成就される

字画の果てしない旅
黄昏れたあとは　晨だ
黄昏れたあとは　また黄昏れだ

掌の旅（異稿）

ひとつひとつ苦をよけているうち　いつの間にか
ちいさな鎖線になってる
こんなはずぢゃなかった
黄昏がちかいちいさな十字路
哀という字みたいに首部をかしげ
五つの丘のあいだ　霧として流れる
不安の線になっている

これからさきは
土星運の陰を脱けて
溶ける橋にさしかかる
熱くなるばかりだ

さしまねく薄の秀《ホ》より
ながくのびた薊の茎に似てる
母の乳みたいに滴りながら　その死の
線の起源にちかづく

ずっと以前
まだ海の泡沫と溶けあってた
泳ぐ魂みたいな形で
編まれた時間をたどる
そのとき闇のなかで　いくら呼んでも
母はきてくれなかった

そう記憶している　なおも
線の起源をたどる
母が書類をもってくる　読むと
生れ出るずっと以前から

幾条かの線として
ふかく愛されて
母の髪のなかにいた
何かに欺かれてる

「祖母」という樹

誘いかけてゆくと
祖母という樹の内部は
音がのぼってゆく筒だった
音符に組み　水に弾かせて　葉さきから
どこかへ逃がしている

大事な部分が
音でできている　祖母は
濁り目の鯖を煮て喰べたあと
胸高に紺の袴をつけ
音のでる器を探しに
村の陶師のところへ行った

ますます音色が
澄んで
祖母を脱がせる
メロディが白土を運んできて
褥のふちをつくった
祖母のちいさな広場は
樹液にみたされる　けっきょく
したかったことはこれね
ひらいた脚のあいだから
ひげ根のような櫛をとりだすと
乱れた草むらを梳いた

もうこのさき
純粋な音はでない　そういって
祖母は泣いている
そんなことない

十年たてば母も生れることだし
「ヤマハ」あたりでは
天鼓という楽器も売りだすそうだ

祖母の影絵

「夕日」という文字から
ふたつ影が滴り落ちる
斜めの「お前」の影　そのあとを
棺みたいに四角な影が
すこしおいてすべってゆく

そのときひわ色の雫になって
胸のなかでつかまっている
祖母のほそい手に落ちている

なにがわたしのせいなのさ
祖母は裾を蹴あげると

生れるまえから行きつけだった
「ぜんざい」という文字のなかの
昏くなった「あづき」の字画のあいだに
さっと入っていった

娘ふたりと男の子が
椀の底にうごめいている
溶けるような女体に甘い　あの
ろくでなしの男の子が「お前」のちち親さ
わたしの股のあいだの温みに
「お前」を送りつけてきた
いくつもの恒河沙にも
終っていけないお伽話の本が
附録としてついていたっけ
これから弁護士のところへいって
「お前」のちち親を告訴しなくちゃ

「ぜんざい」の泥沼から
さっと腰をひいて立ちあがると　祖母は
「永劫」という文字を渡って消えた

そういえば祖母の
股のあいだにつつまれて
反復に飽きるまで
いつまでも流れてる桃の話をきいた
ことがあった

字の告白

空のはてみたい　澄んだ眼のなかを
字が漂流している
風がひるがえすと
黒い雪片として
まぶたのうらの皮膜に積もる
掻きあつめ　平らにならし
水で梳きさえすれば
ひとつの書物ができあがるだろう

どこかで遊んでた子供に
時間が積もる
肩がひとりでに重くなって

記憶のすみにひっそりと
帰ってくる

はじめて字が読めた幼い日
街がきゅうに奥ふかくなった
突然「せんべい」と読めた　すると
「せんべい」の看板の向うに
幻の街並が現われる

長い書物を旅して
ゆるやかな傾斜から
ころげ落ちるくらいの
線ともうひとつの線で囲まれた
卦のあいだの路を
戻ってくる

疲れた夕暮みたい　真っ赤な眼のなかに

ひっかかった
風がひるがえすと
こわれた字画として
まぶたのうらの皮膜を傷めつける
はじめて字が読めなくなる日
それまでに
もうこの人を去らなくては

余談

「遠足＝余談」*
遠足の朝は　酢の利いてない海苔巻を
「母」がつくってくれるか　不安だった
児童の出発は
遠足でない遠離《おんり》だ
嫌悪に充ちた「海辺」へ

尋常小学は
校庭まで「海辺」を呼び込んで
ひたひた波うたせている
学童たちは　ズボンをたくしあげ
素足をくるぶしまで　ひたして

ぱしゃぱしゃさがしている
児童の足あとは
海水にまぎれこんだはずだ

諦めた　秋
洪水のあとみたいに　水がひかない
学童たちは
教室の窓に　鈴なりになって
校庭のなかの
「海辺」を視ている
溶けてしまった魂の色

海苔巻の芯に
蜜みたいな内密があって
それが「母」だった
遠離《おんり》に灼かれて
夕日がふるえる

樹のなかを通った　向うの
枝の果てへ　もう
氷の色だ

不意にきた　冬
「海辺」は校庭から　掃きすてられる
学童たちは　机のうえに
落葉を持ちよっている　あるいは
魂の骨かとおもって

＊ロラン・バルト

声の葉

たまに文字どうしが
演じた信と不信のあらそいが
こぼれおちることがある
傾き　転び　走る
葉の字の形で
左側の字画がすこし重いために
すっかり空気の筒に巻かれた紙片が
しずかに　葉のしたに敷かれる
葉としては
冬際の　つめたい石版のそばで
思えるだけは

思慮を折りかえす姿勢だ

柳の葉の形にそった
気管の通路で
ためらっている
音の鎖りよ
句読のための点は　身ひとつの境い目だ
そのまえに
音の族は
ひとり　ひとり　母や子の塊りで
からだは風のように
ひき裂かれたり
水玉のように光ったりして
口蓋の奥に伏せられた
あれはてた湿原を通りぬける
時間の差異を
寝袋のように背負わされる

声のまえの意識の重さで
ふりわけて意味をつくり
沈黙のままですでに喋言りおえてしまう
喋言る声が舌でつかえる
音の差異を病んだ少年は
字画で少女をつくり
積る雪をつくり
空気の通り路に
樹木を植えはじめた

やがて葉の字の形で落ちるだろう

深さとして　風のいろとして

いちまいの布片は深さとして　風のいろとして
張られる　世界の枠に
そこに縦横に走る　まっ白な魔の髪のあと
流れる気に沿って　影に肉をつけた村の子たち
その掌ににぎりしめられた　夢のかたち
立ち佇まる　明け方の老いた鳥のような
母が産土の祠におさめた　箱のなかの無の緒

画筆はそこからとりだされるだろう
描かれるはずであった　不在の庭に
焚かれていた祝詞　香よりも細く立ちのぼっていった
世の終りからきた文字の明り

その中に戯れていた兄は
いつか肩から権威をはずしはじめた
それから村のうしろに
捨てにいった

どこにあの
いと高い天の学校はあったのか
色彩にまみれた苦しい夢の果て
夢のあととして塗られた
樹木が樹木のかたちを脱けだし
鳥が鳥のかたちを脱けだした
溶けあう瞬時の色調に
まだ打つべき点と線はのこされていた
数のようにしたたり落ちて
いちめんにひろがっていった　水が欲しい
油滴のなかにまじって
色彩の音階をつくっている兄の掌に

星がつぎつぎ降りてゆく　湖ができるまで
そこからは　とある日のこと
水鳥が線になって発つだろう
布片の深さが尽きるまでに
たくさんの夜と夢をみながら　水鳥は
やっとある日　身が軽くなったと感じる
兄の掌はまた重くなる
深さとして　風のいろとして
またいちまいの布片が
張られた　世界の枠に

活字のある光景

活字を叱りつける活字を
おぼえ　さっそくはじめた　いま
いちばんいけないのは
なにかありそうに
じぶんで紙のうえにやってきて
並んでしまうことだ
入りたいと囁いたって
字体ごと拒めばいい

活字をのせた
紙たちは
枯葉のように

しずかにしずかに　世界を朽ちさせる

庭さきまできた洪水の夢が
なみなみと無意識の水位を満たす
頁《ページ》いっぱいに溺れた活字は
ひとりでに鎖列をつくる
二三行にまとまるのを待っている
字画たちの張力の差異が
整列の原理なのだ

活字を消して
耳だけになる日
音が音のあとから
音のうえを　波になって
重なってゆく
山の頂きの糸杉に吹きのぼる
風のように

ついに時のなかを走りはじめる
きみは知った
水の中の魚のように
音を出さないで読まれる
その速さに
世界の喪失の秘密が
かくされている

しだいに足をつかまれて
辞典のなかにひきずりこまれる
死までの厚さは数千頁《ページ》

いちまいの光の画布になって
どうしても厚さを作れない日
活字は劫初の映像のなかで
明るい廃園を散策している

活字都市

おとなしい鳥が
鳥籠のなかにいるみたいに
おとなしい本が
崩れかかった本のあいだに棲んでいる
鳥が鳥でないふりをする
ときがあるように
本が本でないふりをしたい
ときがある

脱ぎすてた衣裳みたいに
積みあげられた
階層の配置は　都市の虚像だ

本の高層はビルディングだ
傾いたビルとビルの谷間に
文字と文字とが信じあった配位で
孤独に惹かれあう

いとしい文字を染めあげて
鳥に托されるものがある
鳥は文字を啄んで　つぎつぎとびたつ
それぞれの階《フロア》が営んでいる文字たちの生活《くらし》に
視えないひとりずつの孤独な管理者がいる

鳥が鳥籠を求めるみたいに　管理者は
それぞれの階《フロア》を求めて
文字たちをつみあげる
膨大な未処理は
ひろがる未処理の都市みたいに
つぎつぎ不安な階《フロア》を継ぎたす

頭部がしだいに巨きくなった
さかしまな高層と高架の像が
ひろい空を喪くしてゆく

夢が流れた　ある夜
それぞれの階《フロア》で文字たちは励起し
かがやきに押しだされる
光の棒みたいに
街路に溢れだした

本は　ひし形にゆがみ
階層の配置は　壊れはじめる
夢の真ん中で　夢を
じっと観察している
もうひとつの夢を
きみの眼が
しずかにあたためている

Ⅲ　記号の森の伝説歌

I　舟歌

＊

ずっと太古《たいこ》に
視《み》えない空のみちを
鳥と幻だけがとおれた
幻はすばやく　鳥はおそかったので
鳥は足なえてあえいだ

ひとつの比喩《ひゆ》ができあがるまで
鳥はその位置で停《とま》ってなければならない
変幻するあいだ

羽搏《はばた》きも失墜《しっつい》もゆるされない
巣《す》を出なかった女の幻と
巣を捨てちまった男の幻よ
舟の形が産みおとされる
恋はこえる
愛もこえる
妄執《もうしゅう》はただ走るだけ

ひとつの比喩がおわるとき
こころは身体《からだ》を渡る　男は
女のもののあいだの
暗い渡路《とじ》を過ぎなければならない

きみがゆく東の方に
よい幻がまってるというのは嘘《うそ》だ
貧《まず》しさから　ただ

貧しさへ翔《と》びこすだけ
翼《つばさ》が折れる
癩《らい》みたいな舟べりの記憶から
木の故里《ふるさと》が流れさる

もうひきかえせない
粉々《こなごな》に砕《くだ》けた波の上を
幻が叩《たた》くだけ

巣を忘《わす》れたころ
やっと陸へたどりつける
霧《きり》のあいだからは
方位のないきみの貌《かお》があらわれる

とある日
内行花文鏡《ないこうかもんきょう》のなかに　疲《つか》れた鳥みたいな
貌が映っている

何という海べの村の記憶《きおく》だったか

＊＊

夢の手にひかれて
子供たちは　音の闇《やみ》に消えてしまった
父の姿を見うしなった
灰暗《かいあん》の森のなかで
鳥と鳥とが　たがいに
囁《ささや》きあっている
あの森から現われてくるのは
調伏《ちょうぶく》された藁《わら》の死だ
いまちょうど

記憶《きおく》の跡《あと》をとおっている
ところではないか?

＊＊＊

貌《かお》も眼《め》もない
無心な水の網《あみ》の目に
魚たちの音符が戯《たわむ》れている

あの魚から
この魚へとつながる　結び目は
ひとつの透明《とうめい》な器楽だ
いくつかの音階の窓《まど》をとおって
群れたちは変形する
そのあとにメロディがのこされる
ちいさい鱗《うろこ》にかくれた
泡の音素《おんそ》が

どこまでも騰《のぼ》ってゆく
奏者《そうしゃ》の生《お》い立ちは
魚たちの拒《こば》まれた夢《ゆめ》のなか
枯《か》れてゆく黄色《きいろ》い海に
母がひそんでいる
春の潮《しお》には　爪《つめ》がある
いつか機嫌《きげん》がいいとき　魚たちの
母が語りはじめる
すべて眼にみえない有形物は
予感が変ったすがただ
水の着物に帯《おび》をして
ちいさな蔭《かげ》みたいに　潮の幼児は
霧氷《むひょう》になった
未明《みめい》という限りがない堤のしたに
疲《つか》れた魚の子たちは

似かよった葉っぱみたいに
いつまでも休んでいる

母に連れられた魚は
疑問符《ぎもんふ》の限りない音楽だ

****

ああ　幼時《ようじ》は硝煙《しょうえん》の匂《にお》いがしている
死に漂《ただよ》う匂《にお》いだ
枕《まくら》の裏側《うらがわ》から

たれかが遠い声で　呼んでいる

****

路《みち》よりもすこし高い窓《まど》へ

うちつけていた木箱《きばこ》の庭　蔓《つる》の白い朝貌《あさがお》
あの街《まち》では制服よりすこし安かった誠実《せいじつ》
出しおくれた授業料をもって
駆《か》けていった子の弁明《べんめい》
貧《まず》しいこぶしに似《に》てた
ちいさな学校

窓の内側に街がひらけていた
濡《ぬ》れた心に海岸線があるのとおなじように

潮の耳は

窓から這入《はい》れるだろう

Ⅱ 戯歌

＊

「不安がいちばん確かな
気晴しだ」とおしえた父はどんな
生涯《しょうがい》を送ったか
「鳥のように飛び去った」
山がらみたいにつれなく橋を越《こ》え
羽根みたいに風に舞《ま》い上がった
墓をみつけられなかったものは
どこへゆくか

墓碑銘を妨《さまた》げられたものは　どこへゆくか
墓などなく　ある日ふと
荷を背負《せお》わされたものはどこへゆくか
じぶんの幻影《げんえい》がつくりあげた村々に
じぶんが帰ってゆくとき
未知の怖《おそ》れのため
ふるえた

＊＊

「秋にちなんだ死を咲かせるために」
病院の椅子《いす》で
真面目《まじめ》な表情が待っている
手術台を超《こ》えてみんな
どこへゆくつもりなんだ
哲学《てつがく》がアレキサンドリアの空の色の
内側《うちがわ》にある

旅へ
わたしは「思考シタ橋」だ
わたしはわたしの心をはつることができない

工科大学の実験室
夕陽《ゆうひ》はそこに
なにをしにやってきたのだろう
ひたいに感じた
ある旗《はた》
あたる肩《かた》
あるいはあらぬ方《かた》に
翔《と》び去《さ》ることに疲《つか》れた
ガラスの色
海から帰ったとき
おおきな夕陽を忘《わす》れてきた
水際《みずぎわ》に響《ひび》くあの空間を離《はな》れる鷗《かもめ》

誰《だれ》もが砂《すな》のうえに置いてきた
学歴のように
「古い帳面に棘《とげ》を貼《は》りつけた」
インドから来た悲しみに挨拶《あいさつ》をする

墓《はか》にゆく道を範《はん》とせよ
この奥《おく》に眠る「青雲《せいうん》」の線香
袖《そで》に吹きかえす
明日の風
十七歳のときに感じた疲労《ひろう》を
脱《ぬ》ぎ捨《す》てるための
巨《おお》いなる旅であった

辻《つじ》電車にとび乗ると
深川東陽町《ふかがわとうようちょう》を曲っていった
少年よ
あなたは

周囲《しゅうい》が「広大な沈黙」でしょう?

＊＊＊

「日曜日」をつつきあっている街
枯葉《かれは》の渦《うず》のそばで鳥たちが私語《しご》している
「尽キナイ錯乱ヨ」
どこに明日があるのか
「魅セラレタヨウニ論理ガ遊ンデイル日蔭」で
結婚《けっこん》の話をもってきた
遠い過去《かこ》からの「娘」
祭囃子《まつりばやし》が消《き》えていった方位
少年の日は
「理由アル地獄」であった
すべての艶《つや》を喪《うしな》った「妻」たちが
休暇《きゅうか》の樹のしたで

鳩《はと》に囲《かこ》まれている
記憶《きおく》から翔《と》び立った手記が
紙凧《かみだこ》のように
貼《は》ってある絵本の空
「貧シイトイウコト
ソレハ艶ノ喪失デアルカ
マタハ『妻』ノ温度ナノダ」
季節よ　水の夢よ
瞋《いか》る男は
ただ瞋る真似《まね》をする寄生虫に侵《おか》されている
「詩的生活」の
無理だ
誰《だれ》でもがこの街では
ゆるやかな坂を求めている
「ゆるやか」

それはすべての「街」の定義だ
太陽は
はじめに沈《しず》んだ日から
沈んでばかりいる
『民数紀略《きりやく》』のなかの壮丁《そうてい》たちの肩《かた》へ

＊＊＊＊

一艘《いっそう》の舟がもし
数千年の時間を疾走《しっそう》できるなら
午後映画を観《み》て灼熱《しゃくねつ》した心が
帰っていった岸辺《きしべ》のない村の曙《あけぼの》よ
一行の肩《かた》に
つぎの一行が乗り
橋のたもとまで訣《わか》れにいった　詩と死
娘《むすめ》たちは噂《うわさ》した

あの人の性器は
まだ矛盾《むじゅん》につきあたらないほんの少しまえに
矛盾を感じてしまう
苦悩《くのう》が早目に
つくられてゆくのでしょう

いかがわしい鳥たちにまじって
じっくり語りあうことがある
知っている旅人
知らない旅人
ここでささやかな思想を汲《く》み交《か》わす
「土器ノナカノ水」に
みんな月曜日の仕事を
隠《かく》している

＊＊＊＊＊

「空ニ釘《くき》」
「空ニ茎《すき》」
樹々《きぎ》に鋤を打ちこんだ
全体から落ちてきた葉の夢《ゆめ》
若い緑《みどり》の芽が疑問符《ぎもんふ》のように延《の》びて
陽《ひ》がしぶきをあげる
解読すべき夏へ

蝸牛《かたつむり》のような靄《もや》の朝
きっと戻《もど》ってきて空気のなかに
とまっている記憶《きおく》がある
そこから出て
そこに還《かえ》ってゆく知らせに
耳が触《ふ》れようとしている
積もる罪《つみ》
謎《なぞ》として
ふとやってきて　いつまでも

仕上げられない織物《おりもの》みたいに
老母が踏《ふ》んでいたのは
金の紗布《さふ》よりもごつごつした
旗《はた》の足ではなかった
でしょうか？

その日　認識《にんしき》の基地《きち》からとびたった
子の不運は　まだどんな邂逅《かいこう》も
ゆるされないで
永久に街角《まちかど》を曲っている
立ち去《さ》りつづけたまま
すべて肖像《しょうぞう》には
貌《かお》がいらないのでは
ないでしょうか？

「空ニ釘」
「空ニ茎」

樹々に鋤を打ちこんだ
遠い日風を耕《たがや》していた　さびしい
農夫だった

Ⅲ　唱歌

＊

潮《しお》と海草の揺《ゆ》れる音が　まだきこえる
最後の村は
なかなかおわらない
後ろ姿《すがた》がひと色ずつ音階をふんで
どこまでも曲っていた
音の虹《にじ》のなか

水になって
見うしなった

日の出前の橅《ぶな》の木の村
無数の村の魂を
肩《かた》にのせて疾走《しっそう》した
無知の五線のうえ

乗れるとおもえば
乗れるようになる幻に
ちょうど天使が乗り　そして降りる
その時間だけ停《とま》って　また発車する
行くさきについて
ただ上方があるだけだ

＊＊

あなたは
風のなかを堕《お》ちてゆく　桃《もも》の実のような
夕陽の雫《しずく》の涯《はて》で

あなたが
しきりに行きたがった村のうえ
たちのぼる絵馬《えま》　くだってゆく呪《のろ》い札《ふだ》
不遇《ふぐう》な死児《しじ》たちは　石のしたで眠っている
ありえない育児所の午下《ひるさ》がり
言葉をしゃべらなくなった
眼《め》をあげなくなった
解かれたままの帯《おび》みたいな
病児の寝台《しんだい》

病気のまえに鏡《かがみ》をみよう　それが置かれている
風の村　鏡の村
おとし燃《も》えつきたまま欅《けやき》の巨木が
空に刺《さ》さっている

あなたはそうやってもどってくる

杳《はる》かな日の化粧室《けしょうしつ》から
水のような微笑《びしょう》に欺《あざむ》かれて
いっしょに歩いていった
不吉《ふきつ》な峠《とうげ》

どこか神経的で
機関をとめてしまった脳髄《のうずい》をもっていた
こうありたいもの
こうあらねばならぬものといっしょに
風は倒《たお》れる
そのあとを窪《くぼ》んで走っていった
ゐ草《ぐさ》の夢《ゆめ》みたいに

塔《とう》がくずれた
また幻《まぼろし》を建てる
僧侶《そうりょ》たちが冬のすこしまえに
骨《ほね》くずをひろっている

薪《まき》にくべる白いサラド
夕餉《ゆうげ》の窓《まど》が
億土《おくど》のそとから視《み》える

＊＊＊

髪《かみ》　夕日　布地《ぬのじ》
階段《かいだん》をひとつずつ落ちていったリボン
拾った手がまた　落としていった
うずくまった拒絶《きょぜつ》

あの解《わか》らない算術のむこうに
なにがあるのだろう
個々の例題を解いてゆくうちに
夕陽が溢れでてしまう
子供たちであるように（子供たちがいる）
遠い午睡《ごすい》

磁石《じしゃく》を寄せあった額《ひたい》のように
賢《かしこ》くなくてはならない
概念《がいねん》すらなくなった家路《いえじ》
無表情に子供は帰ってゆく

ありふれた樹木《じゅもく》にすぎない
都市の毎日の空虚《くうきょ》
（都会の屋根から降りてきた思いがけない鳩《はと》）
盗《ぬす》まれた荷物が
消《き》えた支線《しせん》
突然《とつぜん》午後のなかに割《わ》りこんだ夕暮《ゆうぐ》れの貨車

耳もとから消えて
胸のあたりを充《み》たしていった和解

日曜日のようなちぢれっ毛の雲が

連れだってゆく
手をひかれて　苦しい貌《かお》が
こちらをふりかえる

＊＊＊

夜になると死が勧《すす》めにくる

明け方の酒場《さかば》をでて
露路《ろじ》から露路へと
曲っていった
記憶《きおく》のあとに　泡《あわ》みたいな記憶がつづいて
眼《め》の微笑《びしょう》ににたものが
生《せい》を駄目《だめ》にした

波のように
温度を浴びせると　浴びせられた心が

やさしくなる　その瞬間《しゅんかん》をつかまったのだ
贋金《にせがね》みたいにさむい虹《にじ》に

記憶を祭《まつ》るため
迷路《めいろ》をどこまでも
たどってゆく
草花が匂《にお》っている
行きつつある街路《がいろ》の名は
明日も知られるはずがない

＊＊＊＊

言葉は貌《かお》だった
病《やま》いを浴びて疲《つか》れた　疑問符の貌
何かしらの理由　なぜかその理由
ついにあった　あの理由だった

眼《め》のないエロスのために
きょうもひさがれる言葉
遠い過去《かこ》においてきた
記憶《きおく》の家の語調

空のつぎ目や涯《は》ての村を
おわったあとも結びつけている
眼に視えない紐《ひも》のような音

＊＊＊＊
＊

鳥たちが
死んだ
空を写した絵本のなかで
お菓子《かし》をえらぶように
鳥の死まで

えらんだ
その色の
空

涙《なみだ》が貼《は》ってあった　ひろい絵画館《かいがかん》
ひかりが時刻《じこく》といっしょに
木々を降りてきた

橅《ぶな》の木のうえの鳥と
櫟《くぬぎ》の木のうえの鳥とは　姿《すがた》がちがっている
影《かげ》がまわってくると　ふたつは入れ替《かわ》った
鳥がしゃべり　木々が筆記する
そんな頁《ページ》が作られる

鳥たちが
死んだ
公園予定地を描《か》いてください　鳥たちを

箱《はこ》に埋《う》めるために
飛ばなくなってうつむいた眼《め》は
珠玉《しゅぎょく》の粒《つぶ》にみえる

絵本のむつかしさ　その眼は
すべての生き物に気を配っている　鳥たちは
空の使者　空のさびしさ　空の丘《おか》
空の朝　そして空の橋になった
わたってゆく透明《とうめい》な彼方《かなた》へ

＊＊＊＊＊

厚《あつ》い眠りのなかに
はじめの玩具《がんぐ》があった
手に入れたのは騎手《きしゅ》になった約束《やくそく》
意味の無意味　明け方でていった
四脚《しきゃく》の飛脚《ひきゃく》

みじかい金属のたたかいに
縮《ちぢ》んだ兵士たち
許《ゆる》されなかった帰途《きと》を
永久に跛《ち》んばをひいていく木片《もくへん》

こちらから視《み》えるものに
手を振《ふ》って挨拶《あいさつ》しながら
どうしても傍《そば》へゆけなかった
箱《はこ》の家

欲しいものの彼方《かなた》に
一騎《いっき》の玩具になって走った
奔馬《ほんば》の背《せ》に鉛《なまり》が熔《と》かしこまれる

わたしらは絵時計
否定されたものにまじるよりも

ただ否定しようとする群れのなか
伝説の小駅みたいに
わたしらはわたしらの屍《しかばね》を捨てる

走りつづける
騎兵《きへい》になった闇《やみ》
目ざされる闇の明け方
二本の樹《き》になった動かない恋みたいに
たしかな手触《てざわ》りのたてがみ
もうすこしで視えそうになる
闇にかくれた部分のわたしら
かつて視られたことはない
透視《とうし》されたうす明りに
わたしらがわたしらの鏡《かがみ》になる日

はじめの玩具の
扉が開かれるだろう

音もたてないで立ち去《さ》ってゆく
ながい朝

Ⅳ　俚歌

＊

灰《はい》の靄《もや》があつまって
また散った
そのあいだ　どんな作業がなされたか？
ていねいに漆《うるし》を塗《ぬ》られた入江が
指定の場所にあらわれた

母の留守《るす》に　遠征《えんせい》した父の村
寛容《かんよう》だけをたよりに死の土民兵たちが
駆《か》けていった

そとは蒸《む》し暑く　パンもないのに
もうすぐ土民兵たちは
咽喉《のど》をついて出てくるだろう
一列の村の言葉になって

土民兵たちはえらんだ
日没《にちぼつ》のまえ　小高い丘《おか》のうえ
苔《こけ》をささえる墓石《はかいし》よりも
ふかい視野《しや》に　投身する水の津《つ》

〈じぶんたちの国籍《こくせき》は天に在《あ》る〉
こうした考えが列をつくって
ローカル線のちいさな宿駅から
どんよりした靄にのって
天まで昇《のぼ》っていった
事実という羽根をつけて
翔《と》べば翔べないことはない

これしきの空
これしきの希望
雨に煙《けむ》る〈はじめへの郷愁《きょうしゅう》〉
黄色い光を伝わっておりてくる樹《き》の雫《しずく》に
いま在る村のなかに眠った
冒険《ぼうけん》の古い骨壺《こつつぼ》
ロヨラ派の砦《とりで》だった海《は》

＊＊

胸のぐるりを廻《まわ》って
はしる島々
昨日喰《た》べなかった魚のように
食卓《しょくたく》にのってきた　この雨期は
海の雫《しずく》だ
野菜のような烏賊《いか》の泪《なみだ》だ

なごむ　漣《さざなみ》だ
死ぬ　乳房《ちぶさ》だ
胸にうちよせた流木のように
故郷は骨《ほね》で書かれている

立派《りっぱ》な表装《ひょうそう》のため
すこしだけ荒《あ》れて
剝《は》げおちた記憶《きおく》をひろって
漉《す》きあげた時間の紙
土民兵の胸のかかとにほんとに
住んだろうか
あのコールマン髭《ひげ》の受難《じゅなん》は
月に二度の告解《こっかい》の日に
島じゅうから集めた言葉は
ひそかに泳いで
口之津《くちのつ》まで渡《わた》っていく　エスパニア種《しゅ》の
魚の背《せ》に〈聖なる天主よ

永遠が小指《こゆび》のさきくらいだった
とおいときから　繰返《くりかえ》し
繰返し往《い》っては還《かえ》っていた
　魂《たましい》というものは
魚の背からわかれて
口の海峡《かいきょう》にはいった〉

影《かげ》になった食卓の
影を喰べる人々　また
おおげさな祈禱《きとう》の言葉を煮出《にだ》して
ちいさな味をつくる老婆《ろうば》が
旅の日を小鳥のように
ついばんでいる

島の絵
オセアニアからやってきた

赤い提灯《ちょうちん》のような花々
魂の乱数表《らんすうひょう》

＊＊＊

ここで足型《あしがた》を踏んだ　絵のひと
光る海よりも高く
　魂《たましい》がつき刺《さ》される
三《み》つ叉《また》にひらく
路《みち》がみえた波のうえ
午後から檜皮《ひわだ》をつんで　そこを
兵士ペテロがとおりかかる
視《み》えないひと筋《すじ》の糸のように
記憶《きおく》が製材の鋸《のこぎり》の音を
曳《ひ》いてゆく
気のよい浄土《じょうど》の僧侶《そうりょ》たちが　内緒《ないしょ》で
つくってくれた逃げ路《に》

怖《おそ》れをかこい　ちいさな籠《かご》にいれて
飼《か》ってきた　それを
とりだすとき水鉢《みずばち》のなかに
映った刑死《けいし》の夢《ゆめ》
風といっしょに視てください
あなたは死にかけた灰《はい》のなかに
白い骨壺《こつつぼ》を忘《わす》れる
鳴る骨《ほね》を
村の陶工《とうこう》がかかえてくる

あなたはわかる鳥だ
比喩《ひゆ》の空にあがった田舎《いなか》の天使
まだ幸せや不幸がなかったころ　村を
とおっていった婚姻《こんいん》　その夜
しめされた肉体を抱《だ》いたペテロ
つぎつぎにうまれる

波のような揺《ゆら》めきのなかで
聖日曜日
みながみなペテロを探しに　島の
殉　教《じゅんきょう》博物館へいった
風の矢印《やじるし》に沿って視てください

＊＊＊＊

なぜか路《みち》の真ん中に　白磁《はくじ》の雨が注がれ
乗合《のりあい》自動車はそこで停《と》まった
こわれかかった草の葉かげから
少年がみた夏のなぎさ
姉シモーヌの藁草履《わらぞうり》のような
伝馬船《てんません》のなかで　漂《ただよ》いながら
エロスのいたずらが営《いとな》まれる

いまは魔《ま》が過ぎるときだ　兄弟姉妹《きょうだいしまい》よ
おたがいにおなじ白土の粉　おなじ灰《はい》から
できあがった鋳型《いがた》だ　村の
胆《きも》いり役アンドレ権次《ごんじ》が
必死にとめている
逸楽《いつらく》とかんがえられた
子供たちの旅立ちを

〈われらがみこともち
イエズス修道会《しゅうどうかい》の無精《ぶしょう》ひげ
エスパニア種《しゅ》のイグナチオ・デ・ロヨラよ
あなたは海　あなたは
なにかが必要だったとき　村を
誘惑《ゆうわく》した幻《まぼろし》　地のうえに

この村以上のものがあるだろうか　兄弟と
姉妹のきずな以上の

どんなきずなが　島を見捨てたか
孤独《こどく》な松を植えて　もし
海が近くならばもっといい　子供たちは
もう笛《ふえ》になって　遠つあづま
場末《ばすえ》の屋根を吹いて
果てるだけ〉

からゆき　えぞゆき　その他
村の見張役の帳簿《ちょうぼ》をみましょう
第十七の世紀の三十七年目
ひとつがいの鶺鴒《せきれい》が契約《けいやく》した
天の河原ゆき
貧《ひん》のクラスの切符《きっぷ》

＊＊＊＊

大名たちに阻《はば》まれた　夏の旅路

ビショップ・エミの日録《にちろく》から　ひらひらと
舞《ま》いあがった風　囁《ささや》き
言葉のなかを攻めていった土民兵《せ》たち
海という文字のあいだ　いまも
溺《おぼ》れた天主の貌《かお》がみえる

鶫《つぐみ》のむれみたいに
黙示《もくし》が空をおおった日
乱れた言葉の一行のように
畔《あぜ》を降りていった子供たちの謎《なぞ》　家出の動機
恋の有無《うむ》　それから紛失《ふんしつ》した物　そのとき
虹《にじ》の兆《きざし》が空に
架《か》かったかどうか
くぐり扉《ど》をもちあげて
耳の闇《やみ》を去っていった
じぶんにむかって言葉が　言葉と
示しあわせ

うなずく老樹《ろうじゅ》が　風に
訣《わか》れを囁《ささや》く
発語の村の外《はず》れ

棺《かん》の舟にのって　乳《ちち》みたいな
森の波を走る　それから
壜《びん》の城《しろ》に入ったところまで
わかっている

藁《わら》でできた旗《はた》
皮革《ひかく》のような布《ぬの》の胴衣《どうい》
食べ物からおよそとおい食べ物
切れ目のない橋を渡《わた》って　すぐにも
天のハーレムまでゆけるぞ　そう
告げた不吉《ふきつ》な貌の司祭《しさい》どの

いまは

さらばでござる　旅《たび》ん衆《しゅう》よ
こころがこころを喰《た》べる夢《ゆめ》をみた
ひとの骨《ほね》と骨を煮《に》出《だ》して　あすの朝に
ソップを飲みますか？　ソップに
浮《うか》んだ言葉をしゃぶりますか？
煉獄《れんごく》のように愉《たの》しく
遠いまんじ絵であった旅

V　叙景歌

＊

みんな知っている
訣《わか》れがある楡《にれ》の木の角《かど》　曲った肩《かた》
触《ふ》れるより剝《は》がれていった　高い高い
小鳥たちの貼《は》り絵

空ののど　管《くだ》のつらら　枝の思惟《しい》
広がる野の足音　ひとつひとつ落ちる葉を
鼓動《こどう》にして
あなたの身体《からだ》はようやく眠る

あなたの睫毛《まつげ》のあいだに建った
寺院　そこから
まとわりついてきた鹿《しか》たちの夢《ゆめ》
二個の遺骨《いこつ》のように
老爺《ろうや》と老女は喰《た》べた　それから
鳴る風のなかで　ひとつひとつ焚《た》き火《び》を消して
ここは闇《やみ》　ここは明かり　ここは守護代《しゅごだい》の
館《やかた》の趾《あと》というように
視《み》えない手が案内する
枯《か》れた河原《かわら》

ひらいた
時刻表《じこくひょう》の空欄《くうらん》に
乗り継《つ》ぎがおくれた　その束《つか》の間《ま》
三つ連ねた点はなにか　疑問のなかで
時が停《とま》っている

情念《じょうねん》がこしらえた駅長の
愁《うれ》い貌《がお》の精勤《せいきん》
首を絞《し》めた助教授《じょきょうじゅ》のつめたい
校舎

あなたが待っているあいだ　列車は
時刻表の次の欄《らん》を走っているか?
雪の執念《しゅうねん》のように
積もってゆく記憶《きおく》　そのなかに
寂《しず》かに埋《う》もれていって　とうとう
眼《め》だけになった世界
白日夢《はくじつむ》のけげんな表情で
いまも走る機関車
夢は枯野

＊＊

水がねむる
胸の高さでいま横になる母　知らない城下《じようか》　雫《しずく》の
梯子《はしご》を架《か》けて　母の夢《ゆめ》を出てゆく
〈も〉の字をした人のかたち
たしかにみた父の不始末《ふしまつ》について
書かれた本のなか
わたしの眼《め》は視えないのに
ことがらの全部を知っていた

やがてある頁《ページ》を目指《めざ》して
楽団や祭りや唄《うた》が集ってくる　綴《と》じた
クリップの渦《うず》と線のあいだ
河の絵と一緒《いっしょ》に
いつか村の全体が入っている
わたしに田舎煙草《いなかたばこ》をください
すべてのことがらを説明するために

噛《か》むよりもふかく吸《す》いこんで
吐《は》かれる烟《けむ》り　靄《もや》でおおわれた
禁忌《きんき》の森の野立《のだ》て
記憶《きおく》という村の茶席《ちゃせき》

水が階段《かいだん》になって
どこまでも降りてゆく　寓話《ぐうわ》の里《さと》
いちどひらいた花の死

病《や》んでいる笛《ふえ》の使者
おだやかでやさしい老婆《ろうば》が
娘《むすめ》になるまでのあいだ
ああわたしは何と
長い夢をみなくてならないか?

かつてわたしは
そんな絵本の傍《そば》で

二個の親のひびわれた膝《ひざ》のあいだに
陥《お》ちたまま　いまも陥ちつづけて
いるのではないか？　絵本のなかで
絵本を読んでいるのは
永劫《えいごう》にわたしを制御《せいぎょ》する
影《かげ》の眼ではないか？

＊＊＊

木の洞《ほら》で鶫《つぐみ》たちが眠る　あの昏《くら》い森
ガラスの空に磨《みが》かれた枯葉《かれは》の首
谺《こだま》をひろって編《あ》んだ木の首飾《くびかざ》り
四角い視《し》野《や》のすみにきれいな木製の池
娘《むすめ》たちの幼時《ようじ》に宛《あ》て
手紙が送られる　〈あなたはいつも

ほっそりした木の匂《にお》いをとおって
湛《たた》えられた胸に帰っていった
わきあがる夢《ゆめ》の泡《あわ》へ
鶫の死が捨《す》てられた木の墓《はか》
洞があると知らず触《ふ》れた父の手〉

野を過ぎる木の車　窓《まど》から眺《なが》めると
森の背《せ》におおきな鏡が
張られている
融けた娘たちの水はひろがり
形が河になってゆく
鏡のなかに名指《なざ》された鶫の像《ぞう》
ふりむくと傍《そば》に在《あ》る鶫の眠り
ふたつの世界は区別されている　ひとつは
もうひとつの鶫の夢　ほんとは
鏡のなかで自身から離《はな》れて

別の世界に疾走《しっそう》する
光にみちた客体《きゃくたい》のあいだ
すべてのものを融けた路《みち》にして

木の虹《にじ》
空に投げだされた
空の彎曲《わんきょく》　水に融けた水の粒子《りゅうし》
しずかに去ることを知った
挨拶《あいさつ》
掛《か》け忘れた空の鏡のなかで
木と木が祭《まつ》っていた旗《はた》　ひとつずつ
小さな光として消《き》えていった
七つの木の郷士《ごうし》たち

＊＊＊＊

空を掃《は》いて北によせた木の線

心のほとりに重みがたまった　そんな街《まち》を
風は糸くずみたいにもつれて
吹き抜けていった　葉の裏《うら》のような地のおもて
釣《つり》しのぶにかけた驟雨《しゅうう》の谷間で
巨木たちがふるえている

手のひらを
運命がたどってゆく　ちょうど
体温として過ぎてゆく遠い以前の季節
ちいさい骨《ほね》のような
橋を架《か》けてくれた母　そこから
出ていったとき渡《わた》った　どこか暗《くら》いところで
路《みち》が終るようにおもえた　胸の故里《ふるさと》

空へあがるように　空へむいて歩く
父がすすめた貧《ひん》の寺院　修道士《しゅうどうし》の子たちと唖《おし》になった
耳のなかにまさぐる愉楽《ゆらく》　それから旅客の

足にゆわえた鈴《すず》の音　いくつもあつめた
ガラス箱《ばこ》のなかの嬰児《えいじ》みたいに
泣《な》く鈴　振《ふ》られる朱色《しゅいろ》の空

手のひらの
乱《みだ》れた稜線《りょうせん》の旅宿《りょしゅく》
髭《ひげ》のような幾筋《いくすじ》もの皮膜《ひまく》の紋《もん》に　あなたは
渦《うず》のように入りこむ
手と足とを木のようにそらして　あなたは
溺《おぼ》れた死の形になる　あなたから
去《さ》ったまま帰らない水の匂《にお》い　ただ遅《おく》れてゆくだけの
泡《あわ》の時刻《じこく》

すべてのひとがゆく星の博物館　古ぼけた
領主《りょうしゅ》たちの時計のあいだを
羊《ひつじ》から鳥の絵に　つぎつぎ
伝わってゆく線の駅舎《えきしゃ》

胸をあからめている石の秘文《ひもん》
聖典《せいてん》の医院から抜《ぬ》けてきたばかりで
しきりに話しかけてくる文字のように
あなたを追っていった線の謎《なぞ》
もどかしい悲運《ひうん》

＊＊＊＊＊

木のあいだに木としてたたずむ　みなは
ただ木だとおもっている　透明《とうめい》な
一枚の葉になって　はじめて
移動ができる　よく考えて
生《せい》を決めてください
とうに飾《かざ》るものがなくなった
枝のはずれやさきを　音響《おんきょう》をつづりあわせて
意味のようにとおりすぎる　風

いっぱいつけた花びらで
すこしずつ話す　こうありたい夢《ゆめ》
ある日ふと痛《いた》い身振《みぶ》りみたいに
足音だけで落ちてゆく
いちばんの希望は木でなくなることだ
少年は虫の死と　母親の瞋《いか》りをもって
ひろがった腕《うで》みたいな枝のしたにやってくる
少年は木にのぼって
木になる

遥《はる》かしたにみえる
櫟《くぬぎ》の林と欅《けやき》の川
足もとを照《て》らす日ざしのなか
木の嬰児《えいじ》が泣《な》きはじめる
ながい放浪《ほうろう》からかえった木の教師《きょうし》が
旅の日々について語る

なぜ旅の芸人《げいにん》は亡《ほろ》んだか
ひとは木でないふりをした
木にすぎない

「すてきな少女が
きたことがある　ただ
通りすぎただけだったが」
木の作者は記述する「それは冬のことで
若い衆《しゅう》よ　わしらはみな歳《とし》をとると
遺恨《いこん》におもうことを　ひとつくらいは
胸に遺《のこ》しているものだ　それが心臓みたいに
樹液《じゅえき》を吸《す》いあげる力になる」

「おわかりかな」木の
心音のように聴《きこ》える　星の音
光の太刀《たち》すじ
逃《に》げてゆくなら今だ　すべての木は

木と抱《だ》きあうことなく眠っている
この構図は永遠につづく
同一性《バーズ・アイ》のようにみえるが　ごらん
鳥の眼からは隙《すき》だらけだ

＊＊＊＊＊

敷石《しきいし》に木梨《きなし》みたいな実《み》が落ちる
湿《しめ》った腰《こし》のように
曲がってゆく老いた石のたたみ

坂は存在し　変化しない
やわらかいスポンジみたいに
充《み》ちた眼窩《がんか》の水の窪《くぼ》みに　沿って
ぜんたいが記憶《きおく》を追って　歩く街《まち》
表情のしげみにきえた鳥と人　また
信と不信をわけていた川　あなたは

天主の貌《かお》みたいに疲《つか》れて
あまりさまざまなデザインを　不機嫌《ふきげん》な
等高線に描《えが》いてしまった
あなたは永遠にあなたに出遭《であ》うだけ
樹々《きぎ》の眼《め》の高さに
ちいさな寺院のドームを合わせながら
遠心する力で腕木《うでぎ》をまわす　あなたの尖《とが》った
無限がつくられる　やがて堕《お》ちて
海岸線のどこかでひとつの
石になる

あなたは石の死
あなたを愛さなかった世界
あなたが愛さなかった世界
すりへった拒絶《きょぜつ》がうもれる　底無《そこな》しの
つづれ織《お》りの空に
悪い笛《ふえ》になって

消《き》えてゆく過去《かこ》という井戸の響《ひび》き
街ぜんたいがひとつの
曲がった坂になって　あなたの
記憶のなかに沈《しず》んでゆく
夕ぐれがはじきだした空の炎《ほのお》　終止を
合図するように　あなたの
眼が巻きとってゆく石のたたみ　坂の
おわりから動く敷石になって　どこまでも
のぼってゆく
この世界から脱《ぬ》けようとして

*****
**

父は絵馬《えま》になって
檜《ひのき》の板《いた》に吊《つる》される　すると
ちびた鉛筆《えんぴつ》をなめて父の父が　裏《うら》に

帆船《はんせん》の図面をかきちらす　呆《ほう》けた
生涯《しょうがい》の記憶《きおく》をたどって
鉛筆が造っていった
悲しい船の龍骨《りゅうこつ》

社頭《しゃとう》から
暗《くら》くすべるように　都会へ
走った家族
桃《もも》の木の雫《しずく》とやわらかな窓《まど》のあいだ
信じられない速さで　子たちが
違《たが》えていった
約束《やくそく》の指《ゆび》のような空

あなたは故里《ふるさと》を販《う》りにだす
ひとりの唖《おし》の友　老婆《ろうば》たちの親族《しんぞく》
髪《かみ》のようになびく海草
低くいたんだ海辺の墓山《はかやま》

鳥が木にとまったまま　いつの間にか
枝になって　もしかすると
祭りの日
父は購《あがな》おうといった　父の父も
昔ならば貫銭《かんせん》五枚ほどの
恥《はず》かしいひと皿《さら》の料理のような　また
松の月　庭《にわ》の梅《うめ》　決してつもらない雪
屏風《びょうぶ》に薄《うす》れた絵のような
粗悪《そあく》な故里を

なぜだろう?
疑問の背《せ》にいまもあたる夕陽　そのまま
ずいぶん長いあいだ
おなじ場所に佇《た》っていた

＊＊＊＊＊
＊＊＊

樹《き》のなかに走りこんで
魚の形になった
窓《まど》にむかって
出てゆこうとした　そとの
不詳《ふしょう》の心につかまれて

樹の手にひきもどされる　複雑《ふくざつ》な
骨折《こっせつ》みたいにひびわれた手に

葉があらそう
みんなは枝をふるわせる
腕《うで》にまいた電子仕掛《じか》けの時間が　こまかく
空気や果実など刻《きざ》んでいるうち
数値《すうち》になって　樹のなかの
胎蔵《たいぞう》の世界がきえる
空は啞《おし》のぜんたい　樹の

遥《はる》かうえにいる樹の哀《かな》しみ
さっと一瞬《いっしゅん》のうちに
温《ぬく》み　明るさ　湿《しめ》りを
海流のようにかえ
葉の魚はかるい水脈《すいみゃく》づたいに
樹をのぼって出てゆく

空はいつも耳の透明《とうめい》
難《むず》かしいことを
話しかける風　はいりこむ斜《なな》めの照射《しょうしゃ》　いつか
帰りたいとねがう葉の魚　そして
眠りたい　死にたい　みんなの表情に
いつもぜんたいとして
こたえている
父みたいに帰らなかった
いちまいの葉の魚　数を

かぞえなかった樹の手　補《おぎな》うために
ひとつ葉の魚の影《かげ》をつくった
みえない眼《め》みたいに
しずかな駅舎《えきしゃ》の壁《かべ》に

葉の魚はきたのか
おおきな過失《かしつ》みたいに　ただ
駅という駅を走りすぎて
なにかが追ってきた　そして
また走りだした

＊＊＊＊
＊＊＊

空は日にいちど閉じられる
薄明《はくめい》のまえに　梢《こずえ》の高くに登り
手をさしのべる　うすあかく霞《かす》む方位に
手がとどいて

鶸《ひわ》の巣《す》が落ちる
薄暮《はくぼ》のうしろから　ちいさな
輪のような鐘《かね》の響《ひび》きを投げる
あからんで泡《あわ》だつ方位に
横ひとすじ蘭《らん》の葉がのびる

そっと梢をでて
金属を生みおとした鶸《ひわ》の夢《ゆめ》が
曲がってゆく　村のうえ
白い壁《かべ》と藁《わら》のつづく
あたたかい鉱床《こうしょう》へおりてゆく
娘《むすめ》たちは傷口《きずぐち》のうえに
短い着物の袖《そで》をおおって
翔《と》んできたものを拒《こば》んでいる　あれは
なぜだろう　なぜだろう

贈与《ぞうよ》を拒まれた
冷たい掌《て》のひらに　村は
地図みたいに描かれていた
拇指《おやゆび》の麓《ふもと》の丘《おか》におりよ

太陽を受けるにしても
あるきめられたひとつの時刻《じこく》に
あるきめられた方位から
飛んで来なければと　たぶん
娘たちは信じているだろう

音階の雫《しずく》をいっぱい眼《め》にためて
娘たちは神獣《しんじゅう》葡萄鏡《ぶどうきょう》の池にはいる　ふちからは
いくつもの考えが　重みを捨《す》てて
空を昇《のぼ》ってゆく　靄《もや》みたいな
薄《うす》い古層《こそう》の繭《まゆ》になって
そのなかから

幻《まぼろし》の秘児《ひじ》たちが
逃れていった

＊＊＊＊＊
＊＊＊＊＊

言葉は草むらに住んだ
甲虫《かぶとむし》みたいな二重括弧《にじゅうかっこ》に
くくりとられた世界で
おもむろに書く手をやめる
林の端《はし》に出たという
恋するクイナたちの
説話をきいた
地図にすれば二頁《ページ》ほどの
緑色《みどりいろ》の湿原《しつげん》を幾月《いくつき》もかかって
とばずに歩いてきた
クイナからみた湿原に

月の光が落ち　きらきら
ざらめみたいにみえる流れの粒《つぶ》　眠る夢《ゆめ》に
平たくたたまれた村の屋根
夜という文字のなかで
綴《つづ》られた冒険《ぼうけん》の日々

とぶなら　ひくくとべ
ちょうど嘴《くちばし》の高さにあたる
木の実を喰《た》べて
すべて存在するものの彼方《かなた》に
言葉が走ってゆくとき
手前にある過誤《かご》のように
わたしは戻《もど》ってくる
一羽のクイナとして
草むらに秋はおわっている
二重になった括弧を　陽《ひ》なたに溶《と》いて
水に映す鏡《かがみ》の冬

黄色い落葉が空に貼《は》りついた
　曙《あけぼの》の草むらから孵《かえ》った
痩《や》せた雛鳥《ひなどり》ヘンリーの夢
活字がひとつひとつ言葉の眼《め》になって
葉の夢のなかを流れる
ながいながい頁のうえの旅
雛鳥ヘンリーの枕《まくら》のしたを通る
夜行列車から　また
ちいさな夜行列車が出発していった
ヘンリーの夢は
あとを追った
＊＊＊＊＊
＊＊＊＊
言葉は
雛鳥《ひなどり》ヘンリーの首すじの色

思い出の河みたいに
しずかに尽《つ》きた水
泣きくずれた尼僧《にそう》が
法華八講《ほっけはっこう》の日に
颪にゆわえつけた　小鳥たちののど

颪は
木のてっぺんまでのぼった
揺《ゆ》れたまま　空に手渡《てわた》された
寺の塀《へい》ぎわ　木の葉を掃《は》いて
坂にまぎれていった

〈あなたは颪をみたか〉
言葉は色を手にする
破綻《はたん》をひとまずさけておいて
父のいる安宿《やすやど》にたち寄る
枝のようにたがいちがいに並んで

言葉はもう文字になっている
「あなたは風をみたか」
字画《じかく》と字画のあいだに
愚《おろ》かな叔母《おば》が躓《つまず》いて　ふたつの手で
膝《ひざ》をついている
悪い夢《ゆめ》をみているんだ
雛鳥のヘンリーよ

まだ透明《とうめい》なみぞおちを下りて
融《と》けてゆける空間がある
スカートとブーツを脱《ぬ》いで
漂《ただよ》った　おおきな波のつぎに
ちいさな波がうねる
暗《くら》く砕《くだ》けた金属の海べ
杭《くい》と杭のあいだに幼《おさな》い貌《かお》で
眠った

家族たちが　どこか
遠い夜空の箱《はこ》から　声を聴《き》く
「あなたは風をみたでしょう」

*****
*****

好きな眼で
母は視《み》なくなった
歪《ゆが》んだ鏡《かがみ》のなかで
貌《かお》はこわれかかる
鏡のうらに
毒《どく》を注ぎこまれた気がして
しだいに重くなった　閉じた唇《くちびる》は
みんなが監視《かんし》していると叫《さけ》びたてる
風の音が
おびえた鹿《しか》の行方《ゆくえ》をささやきかける

観光の寺のなかに
さらわれた嬰児《えいじ》が
影《かげ》みたいに逃《に》げこんだ
たしかになかにいるんだ
拝観料《はいかんりょう》をうけた僧《そう》が蒼《あお》ざめる
かくす冷たい眼をむけ　奥《おく》の院《いん》に
陰《かげ》の合図《あいず》をした

持仏《じぶつ》の指《ゆび》の形が
探すのはむなしいから　やめろ
と告げている
死のいろをした眼
金いろのふるい肌《はだ》
髪《かみ》は剝《は》げ落ちていた　もう
エロスの虜《とりこ》になって
庭《にわ》の池
鏡のなかの魚になった

というのだ

夕方になると
夕陽は木々のあいだにはさまれる
森のうしろのざわめきから
鼓《つづみ》をうつ音がおりてくる
ましら採《と》りの背《せ》に負われた猿《ましら》のように
どんど　どんど　どんど
長い旅をした

さらわれた嬰児は
しずんだ旗《はた》みたいな
雲の立木のあいだを
透明《とうめい》な足になって
みんなが永遠と呼ぶコースのとおり
歩かされている

Ⅵ　比喩歌

＊

のぼった物見台《ものみだい》から
武具《ぶぐ》を着《つ》けたものとして
離《はな》れてゆく
ふりかえると　母はもう
自刃《じじん》していた

もも色に縫《ぬ》いあわされた布《ぬの》きれのあいだ
星に包《つつ》まれ
湿《しめ》った森があらわれる

離《はな》れてきたもの同志《どうし》
木蔭《こかげ》にゆこう　鐙《あぶみ》をひらいて見せあう
木の雫《しずく》からは
木の泡をのむ
もう分倍河原《ぶばいがわら》のいくさ場に
陽《ひ》が沈《しず》みかかる
姉が死にちかい結核療養所《けっかくりょうようじょ》「厚生荘《こうせいそう》」
やっと先陣《せんじん》を斬《き》りぬけてきた
「京王《けいおう》」の時刻表《じこくひょう》に間にあうだろうか
血のりをすすぐと　姉の首すじが
遠くあおい河原をとおって
枝ぶりのように霞《かす》んでいる
木の泡で墨《すみ》をする
うまく夕星《ゆうずつ》を詠《よ》んでいた

棺《かん》の深さから
水を汲《く》みあげる
過去《かこ》の井戸　さておいて
椋鳥《むくどり》たちの乗った電車を待つ

たしか三番線
先頭の老人専用車に
「ヤナギダ」という髭《ひげ》の椋鳥
「クニキダ」という痩《や》せた椋鳥
高架線《こうかせん》から降りてきたばかりなのに
もう眠っている
姉が烟《けむ》りになって
世を辞《じ》するのだという
夢《ゆめ》をみている

また　いくさ場か
ゲーム・アンド・ウォッチをポケットにしまいこんで

「聖蹟桜ヶ丘《せいせきさくらがおか》」を降りてゆく　いまは
木の泡として

＊＊

緑《みどり》の葉っぱを着せられた　そのうえに
緑いろの粉《こな》がまぶされる
あら枝が死のかたちに組みあげられた
山なみのあいだに
「霽《は》れた衣」という経文《きょうもん》が埋《う》められる

さて　そのことが終ると
火打ちが擦《す》りあわされる　炎《ほのお》のなかに
僧《そう》として佇《た》つ風のかたち
母は緑いろにやつれはじめる
被《かっ》いでいる世界の木々に

母が揺《ゆ》られている
「霽れた衣」という印《いん》を結《むす》んでから　手を
空に投げる仕草《しぐさ》をした
投げられた粒《つぶ》の鳥たちと
鳥たちが消《き》えていった乳房《ちち》の谷間
あの奥《おく》でいつか乳を汲《く》みそこなった

水の絵を描《か》く娘《むすめ》を
産《う》むことにして　合図《あいず》した
夢《ゆめ》の中で「霽れた衣」を唱《とな》えさせる
うす桃《もも》いろの雫《しずく》が
声から滴《したた》った

水が粉に挽《ひ》かれる　嬰児《えいじ》は
白い鉛筆《えんぴつ》のさきにつかまった
産《う》む母と
うまれる星のあいだ

ふかい息のように
乳《ちち》いろの木々の夢が流れる

みちた緑いろを微分《びぶん》しよう
あのなかに　不満な地図が潜《ひそ》んでいる
顔が割《わ》れたエロスの橋
断《た》ちきられた蹠《あし》うら　ほかの色どりなら
絶品である陶器《とうき》の匂《にお》う肌《はだ》　嬰児は

奔馬《ほんば》のように馳《は》せる
畳《たた》みこまれた虚空《こくう》の牧場《まきば》
聴《き》くはずのない巡礼《じゅんれい》が
鈴《すず》の霊《れい》として鳴っている
「霽れた衣」が唱え終らないうちに
いくつもの世が過ぎる

＊＊＊

「雨という帽子」にうつ伏《ぶ》せた
記憶《きおく》の穂《ほ》なみが
髪《かみ》のように流れ出る
市街図《しがいず》のうえを
ずっと翔《と》んでいるのに　いつまでも
空をぬけられない

頭がちいさくなる
羽虫《はむし》を喰《た》べた夢《ゆめ》に
飛ぶ銀粉《ぎんぷん》みたいに噴霧《ふんむ》する
時間がはらみ　それから膨《ふく》らんで
鳥たちが産《う》まれる
巣《す》の奥《おく》にやわらかい村を
育てている

渡《わた》ってきた
旅の木工《もっこう》に棺《かん》をつくらせる
「雨という帽子」を被《かぶ》って
呪詞《じゅし》のなかに横になった
不幸な言葉がつぎつぎに　猪口《ちょこ》につがれ
屍体《したい》に注《そそ》がれる

じぶんが鳥だと知ったら
ひとであるじぶんの死が　じつは
鳥の死なのを知ったら
哀《あわ》れむ世界の眼《まな》ざしを
けげんそうに視《み》つめるだろう
じぶんにはひとの死にみえるのに
空は鳥の死を運んでいる

「雨という帽子」のうえに　そっと

鳥の死は置かれる
草の匂《にお》いがして　子供たちが
近寄ってくる
鳥としてやってきたのに　いまは
ひととして鳥の死に
近寄ってくる　もうこれは
どうにでもしてもらわなくては
「雨という帽子」に埋《う》められた
水の村では
「噂《うわさ》の宿駅」が溶《と》けはじめる

＊＊＊

文字をひとつずつ水底《みなそこ》に沈《しず》める
岩角《いわかど》で削《けず》り　砂《すな》に噴霧《ふんむ》する
作業のため「欅《けやき》」という舟で

河をくだった　河については
ふたつのちがった視方《みかた》がある　ひとつは
水の墓《はか》へゆく小さな径《みち》
むかし「笹《ささ》」という名の橋姫《はしひめ》が
捨《す》てられた「死」を追って
霧《きり》の文字をたどっていった
水のしたを流れる水が
ふかく眠ったまま
みそさざいという鳥に似《に》た
きれいな音色《ねいろ》を立てた
流れついた「死」は
「笹」という葉音《はおと》を聴《き》いた
とおもった　もうひとつは

「凪」ヶ淵《ふち》　よりあわされた水のうねりが
「笹」という乳房《ちぶさ》に滴《したた》った
「凪」として　どうしても

触《ふ》れあうものが視えない
魚みたいな静止《せいし》があって
いいものだろうか

水をくだる
水の都《みやこ》にはいる
明るすぎるゲートの支柱《しちゅう》に
「欅」という舟をつなぐ
裸足《はだし》になった魚が
けっしてとどかない渇望《かつぼう》のように
ガラスの空を泳ぐ
仰向《あおむ》けになった
泳ぐ魚への距《へだた》りは
橋姫がひさいだエロスの距り
水は潜《くぐ》る
髪《かみ》のなかに梳《す》かれた矢印《やじるし》みたいに

見え隠《かく》れ　淵を探して
さきに　なによりもさきに
魚はエロスの部屋にはいる
ちびた鉛筆《えんぴつ》のさきに　文字が
ひとつひとつ水の肩《かた》をつくる
視えない母の衣《ころも》が脱げおちる

＊＊＊＊

くらい「鶇《つぐみ》」という駅を
明け方ちかくに降りた　いつも
きみの行くさきを　もうひとり〈きみ〉が歩いている
「櫟《くぬぎ》」の木立《こだち》の窪《くぼ》みに
記《しる》された三歳七ヶ月のある日
言葉は「櫟」という不安に陥《お》ちいる
ひとつひとつの単語が
言うことをきかず「櫟」の葉みたいに

紡錘形《ぼうすいけい》に落ちてくる
吃《ども》ると紅《あか》くなり　流れると
ひとりでに枯《か》れた

きみは
　外国語《フォーレン・ランゲイジ》を習ったね？　たしかに
習った　正確には十二歳五ケ月のとき
「櫟」でつくった自慢《じまん》の操舵室《そうだしつ》で　父が
「入れ《カム・イン》」という外国語を　のどに
流しこんだ

　そのときから
すべての部屋は拒《こば》んだ
こわい壁《かべ》の夢《ゆめ》みたいに
「鶫」という駅舎《えきしゃ》のまえを
眼《め》をつぶって通りすぎる
のどの奥《おく》にかすかな子守唄《こもりうた》が

鳴ってるのに　またも
「櫟」という語音でつっかえる　母が
蒸《む》し麦《むぎ》から飴《あめ》をつくった
ひと匙《さじ》の溶《と》かした「救命丸《きゅうめいがん》」にまぜる
すべての言葉が消《き》えた
のどの奥の洞《ほら》に
「櫟」という苦味《にがみ》が流しこまれる

くらい「鶫」という駅から
最終便《びん》に乗った　すでに
きみよりさきに　もうひとり〈きみ〉が坐《すわ》っている
きみは〈きみ〉の傍《そば》に腰《こし》をおろす
おれたちはどこで　また
外国語《フォーレン・ラングイジ》を習うか
きみは〈きみ〉に話しかけてる

＊＊＊＊＊

地名がくずれ堕ちる
鏡《かがみ》みたいな湖のおもてに
言葉の「言」という字がふたつ　そのまえに
すこし重たい「取」という字が
堕ちて　いちばんあとに
方違《かたたが》えの「方」という字が　軽そうに
肩《かた》をそいで着水する
字はみんな沈《しず》む　あの
鹿《しか》よりさきに起きだし
明け方の魚を獲《と》りにいった
きみのもうひとりの〈きみ〉が
眠りこむ

あけぼの

地名よりさきに
「鏃《やじり》」という字が沈んでいる
水が鋼《はがね》みたいに深く　むかしの
神奈備《かんなび》二筋《にすじ》路《ろ》上《あが》ル　幽《かす》かに
水底《みなそこ》につづれあう往還《おうかん》
縄文《じょうもん》の冬はつめたく　擂鉢《すりばち》状の
気温のはしごを昇《のぼ》る　きみは
いまも外輪《がいりん》の空に魚を獲《と》る　もうひとりの
〈きみ〉に出遇《であ》える

こころを巻《ま》きとって
縮尺する　木《き》葛《かずら》が軒《のき》にからんだ
街《まち》なみを　岩山のほうから
　雷《かみなり》が降りてくる
弥生《やよい》このかた　きみは
ゆるむばかりになった
大事な獄衣《ごくい》を母に縫《ぬ》わせて

地図の指《ゆび》のはらで
長征《ちょうせい》の夢《ゆめ》ばかり
稽古《けいこ》している

大祝《おおはふり》が
祭礼をむかえにきた　法被《はっぴ》に
しぼりの鉢巻《はちま》きをして　母を
駒込《こまごめ》「富士《ふじ》」講《こう》に登らせる
その夜　かなりな風が字画《じかく》を揺《ゆす》り
地名がくずれ堕ちる
鹿の足音が
すうっと去《さ》った

＊＊＊＊
＊＊

緑《みどり》の上衣《うわぎ》から
しぶ糸みたいな手が垂《た》れた

釣《つ》られないうち　毛針《けばり》みたいな指《ゆび》をひろげ
「翼《つばさ》」と呼んだだけで　つばさになった
「鳥」にむかって出発　それで
鳥になれるだろう

見知らない位置は　どんな気分なんか
感じるまえに　空はもう
「鳥」にむかって浮《うか》んでいる
沈《しず》む斧《おの》のように
ひく力が手首をつかんで　たぶん
涙《なみだ》の落ちる方向に
翔《と》んでゆく　それだけで
鳥になれるだろう
編笠《あみがさ》に貌《かお》をかくして　飴《あめ》になった
「鳥」をつくっている
麦《むぎ》わらのさきに

呪《のろい》を告《つ》げる「鳥」
日を耕《たがや》す「鳥」
鳥のまま融《と》けてゆく「鳥」
指《ゆび》さきに巣《す》をもった老爺《ろうや》が
もっと不思議《ふしぎ》なことに
飴みたいに無口な
祭りの傍《そば》をいくつも　通り過ぎる

ねり飴の箱《はこ》のうえに
さされたまま
寺のいらかとおなじ高さで
翔ぶことがある　それで
鳥になれるだろう

もうすこしゆくと　むかし
老爺と知りあった
露《つゆ》のふかい小路《こみち》がある　少年は

鳥になって寝《ね》た
夢《ゆめ》の鏡《かがみ》にうつった　老爺は
自転車に箱をつけて　今日も
祭礼を追っている

＊＊＊＊＊＊＊

黄ばんだ「山もみじ」から
まっ赤な「姫《ひめ》もみじ」に
字の色どりがわたされる　手が読みつづける恋
つぎの頁《ページ》にゆくまえ　綴《と》じそこなった
ホチキスの留《と》め金《がね》で　情操《じょうそう》が
紙に折《お》りこまれる

絵本のうしろから　不意《ふい》に
「矢はず」「弓《ゆ》ん手」「関《せき》の囚虜《しゅうりょ》」など　由緒《ゆいしょ》がわからない
記憶《きおく》が翔《と》んできて

幼時《ようじ》の木々の絵を取り囲《かこ》んだ
一本ずつのひかりみたいな
揺《ゆ》れるすすきの穂《ほ》が　野を過ぎてゆく
風が透明な繭《まゆ》をつくった　まだ
母には縫《ぬ》う仕事がのこっている
額《ひたい》にかかったひとつまみの思慮《しりょ》に
鉛《なまり》の活字が植えられた

林のはずれに手をかけ　かがやく
空の渡《わたし》にはいった　母の
身の丈《たけ》にひとしい空のはて
もものふくらみに似《に》た山なみ　この世で
みたこともない位置から
みえた乳房《ちぶさ》の頂《いただ》き
膝《ひざ》のあいだの河が　ゴムまりみたいに
弾《はず》んだ

ひとにぎりの雲が　ひとにぎりの
烏帽子岩《えぼしいわ》になった　そこへ
のぼるため木々は　遠い裾《すそ》のほうから
ほとんど同じ姿《すがた》で
つづいている
瞼《まぶた》を縫《ぬ》いとるように　母は
針《はり》を運んで　いまちょうど
烏帽子岩に夕陽をかがった
胸の尖《とが》ったあたりまで　死の影《かげ》が
溢《あふ》れてくる　母は
絵本のうしろで　おおきな
性をひらいた

＊＊＊＊＊
＊＊＊＊

丘《おか》で風雅《ふうが》を販《う》る店がしまった

葉っぱが色彩《しきさい》の泡《あわ》を吹きおとす
剝製《はくせい》の鱒《ます》を安置《あんち》した本堂《ほんどう》から
ながい衣《ころも》の河が流れてくる
明日からの由緒書《ゆいしょが》きもいっしょに

花嫁《はなよめ》を里《さと》にかえす
もう宿禰《すくね》になったたつもりで
弓《ゆ》はずの手入れなどはじめる　里の父
月の輪にはいった遠い教場で
はじめて千字文《せんじもん》を習った
あの少年の日の
兄者《あにじゃ》のような師《し》にも別れた
ひとすじ気迫《きはく》をのみこんで
明日からの合戦《かっせん》をまつ

路《みち》に出てみる
出てみるという考えもないままに

乳《ちち》のいろの記憶《きおく》をたどる
かならず敗《ま》けるはずの　幼《おさな》い
恋からはじまった　向こうみずな
生涯《しょうがい》だった
衵《あこめ》のそでから蒸《む》し飴《あめ》がひとつ　路に
ころがり落ちる

あの旅の客さえこなければ
こんな死に目にあわずにすんだ
館《やかた》はあやしい秤《はかり》みたいに
気まずい主題に揺《ゆ》れている
母が冷たかったので
疑いぶかくなった　ひとりの将帥《しょうすい》が
客の首を殺《あや》めるだろう
指輪《ゆびわ》や　砂金《さきん》や　仏罰《ぶつばつ》が
ほしくなった武者《むしゃ》の法師《ほうし》が　いまこの館に

向っている

＊＊＊＊＊
＊＊＊＊＊

この風の勢《いきお》いは
すべての「意味」を追い越《こ》そうとする
氷よりつめたく冷えた枯葉《かれは》を
枝々のフォークでつき刺《さ》し
木々がほんとに喰《た》べているのは
千も百もあるひとの死骸《しがい》

はじめの頁《ページ》から
ひきちぎられた文字は
うず高く記憶《きおく》の底《そこ》につもって
くずれた金属片《へん》みたいに　母の
肩《かた》をなだれ落ちる　いま
校舎がしずかに　ひらいた

母のなかにはいる
裏《うら》のない後ろ姿《すがた》で　しゃがんだまま
母にリーダーを読んで聴《き》かせる
哀《あわ》れな声の手が
乳房《ちぶさ》をさがしている

口にふくんだ頁のなかで
信じがたいほどうまく語られた
風の「意味」
風に追いつかれた「意味」の「意味」
解かれた文字を拾うため　嬰児《えいじ》にかえった
じぶんの姿にあいにゆく

増補《ぞうほ》された版《はん》からは消《き》えた
冬の行方《ゆくえ》
風と暗《くら》い波がまじりあって　字画《じかく》の
泡《あわ》をつくっていた

その透明《とうめい》な「暗喩《あんゆ》」をわかろうとして
木と木はすがりあって
泣《な》いてる

＊＊＊＊＊
＊＊＊＊

楡《にれ》という木を母にして
生れ落ちると　すぐに
楡のちびと呼ばれた
砥草《とくさ》の墓《はか》に
冷たい父の死骸《しがい》を運んだあと　好物だった
ガラス色の粉《こな》をふりまいた
麻薬《まやく》が父であった　楡のちびよ
月の出のまえに
ゆっくり待《ま》っていた　やがて
鳥の眼《め》のひと影《かげ》がやってきて

砥草の粉さえあれば
翔《と》べるという
動力は説明されない
たしかに蒸気《じょうき》に似《に》た
烟《けむ》りといっしょに　そこらじゅう
親和《しんわ》の気分にみちた　かとおもうと
足と眼だけになって
もう翔んでいた

楡族《にれぞく》のトーテムは　楡の夢《ゆめ》だ
眼のしたに靄《もや》みたいにひろがる
あの土地はぜんぶ使っていい
楡のちびは
遠くまでのびてゆく
てっとりばやく
砥草をたくさん植えて
みんな翔ぶようにした

いつも二月の末《すえ》ごろ
つめたい風が頭をしめつけて
過ぎてゆく　しだいに
かたくはりつめた夢の鏡《かがみ》は
砥草の粉みたいに砕《くだ》ける

一年はかかる　また
翔べるまでに

＊＊＊＊＊＊
＊＊＊＊＊＊

海におちた白い花が　木々を眠らせる
木のくるぶしのあたり　海峡《かいきょう》が湛《たた》えられ
そこから水路みたいに　直角にはしる鳥
またはしり寄る鳥のかげ

ひとつひとつ　鳥は
渦《うず》みたいに木々の根にむかって
吸《す》いおとされる
千とか百とかいう日のあいだ
鳥はもう無数に死んで
風景の裏《うら》へ　積もったのではないか
木の葉がふるえた
細《こま》かい枝は腕《うで》を　まるく
抱《だ》きかかえる
むなしい母みたいに
巣《す》のまわりにのこされる

あの乳《ちち》の谷　霧《きり》の粒《つぶ》にかわって
しずんでいったそれぞれの鳥の出自《しゅつじ》
やがて翔《と》ぶ速さと　そっくりおなじに
運びだされた
鳥たちの脳《のう》の記憶《きおく》

透《す》けた色彩《しきさい》につつまれて
しずかな海のうえ　鏡みたいな
死の舞台《ぶたい》に
ひとりの母と　一本の木とが
連れもどされて　記憶の
列車のなかで交《まじ》わる

そのときたしかに
律動《りつどう》がひとつあって　列車はもう
嬰児《えいじ》の叫《さけ》びをあげて　往《い》ったら
けっして帰れないと噂《うわさ》された
おまえの心のなかの
無限の軌道《きどう》にはいった

******
*****

かごのなかに頁《ページ》をいれる

頁のなかで飼《か》われた鳥は
翔《と》ぶかわりに
翔ぶという記号の記憶《きおく》しかない
もしかすると　記憶のかわりに
記憶という暗《くら》い林の巣《す》しかない

何とかして　白い
紙の野を脱《ぬ》けだすため　鳥は
翔び立つ　こんどは鳥という記号になって
母が蔵《しま》っていた　乳《ちち》の丘《おか》
縁者《えんじゃ》たちの額《ひたい》にあった暗い雲
色のついた刷毛《はけ》で　つぎつぎ
虹鱒《にじます》の子を産《う》みながら
河をさかのぼった

　鳥が
鳥という記号にかわるまで

どれだけ恒河沙《ごうがしゃ》をかぞえたか
そのあいだに　みんなが魂《たましい》と呼《よ》んでるものが
鳥から　鳥を捕《と》るひとの
手にわたる
鳥は甲骨《こうこつ》文字になって
ひらたい河原《かわら》の石に貼《は》りついた

虹鱒の子は
それをみた翌日《よくじつ》　つまり月曜日に
都会のビルに出勤《しゅっきん》して
鳥について
鳥という文字とのちがいについて
疲労《ひろう》にみちた
探険家《たんけんか》の口振《くちぶ》りをしている

＊＊＊＊＊＊
＊＊＊＊＊＊

橋という字を架《か》けたい
ふたつの方向から中断された　字画《じかく》の谷間に
漲《みなぎ》るものがみな　そこで
堰《せ》きとめられるので
いっぱいの草花を盛《も》った
棺《かん》みたいな形に

すばらしい欅《けやき》は
昨日のうちに伐《き》ってある　鋸《のこぎり》みたいな
音をたてる山風に挽《ひ》かせ
辞典《じてん》の時間がつきるまで
字画の暗《くら》がりに貯《たくわ》えられる
夕陽《ゆうひ》という字が霧《きり》になって溶《と》けはじめる
母の乳《ちち》の記憶《きおく》のあたりに
おまえは扁《へん》のあいだを越《こ》えられない　知っていながら
泊《とま》りの旅客になりすましている

あの隔《へだ》てられた谷間は
扁付《へんづ》けの遊びのあいだに
溢《あふ》れた母の烟《けむ》りにみたされる
空を掘《ほ》っては　木の扁に
紐《ひも》をかけ
欅を削《けず》りはじめる

組みあげられた欅と
欅の梁《はり》にむかって　木工《もっこう》たちが呼《よ》びよせられる
そこに跪《ひざまず》いて　あろうことか
字画が割《わ》られた
木の扁に付けられたすべてのつくり字が
空を流れてゆく
母の髪《かみ》のなかの
ちいさな鎮守《ちんじゅ》の杜《もり》にむかって
死を掃《は》きすてている老爺《ろうや》が

橋の上からみえる

＊＊＊＊＊＊＊
＊＊＊＊＊＊

深さのしれぬ夢《ゆめ》のなかを
紡錘形になって走っている
歩巾《ほはば》といっても　律動《りつどう》的な
乳《ちち》いろの噴射《ふんしゃ》なのだ
罪《つみ》の雫《しずく》があつまって鏡《かがみ》になった
ほとんど海の底《そこ》みたいな
水の裳裾《もすそ》のあいだ

言葉よりまえの　植物性の
言葉でささやきあった　みんな
招《まね》かれない風みたいに
まだ村の長《おさ》さえないころの　入江の泊《とま》りで
明け方の渦《うず》になり　消えたがっている

濃縮《のうしゅく》されたら　もう仕方《しかた》がない　そこから
べつの水深《すいしん》になって
あたりは透明《とうめい》に
渦《うず》を流しはじめる
いちばん嫌《いや》な　人間の形になって
残るというのはこんなことか
幽《ゆう》のおお声で怒鳴った

仲間《なかま》たちはもう
けっしてこないのに　いつまでも
まだくるはずだとおもっている
億《おく》と恒河沙《ごうがしゃ》のレントゲン色の影《かげ》の躰《からだ》が
累々《るいるい》と降ってきて
村の水甕《みずがめ》にたまる

母が生まれるまえに出発して

ずいぶん走った
すっかり大人《おとな》になった母が
苦《くる》し峯《ね》の村の入口で　出迎《でむか》えている
その姿《すがた》は
懐妊《かいにん》のようにみえる

Ⅶ　演歌

＊

「無口」という茶店《さてん》のところで
乃木坂《のぎざか》は黄昏《たそがれ》にあう
粒《つぶ》になった夕陽の肩《かた》に
髪《かみ》の毛みたいに闇《やみ》が流れ落ちる

うまく神話に触《ふ》れてきた　ちょうど
ふるい村の話からはじまって
いちばん辛《つら》い暗礁《あんしょう》の日々まで
涙《なみだ》ぐむ祖母《そぼ》の肩を抱《だ》いて

もっとその奥《おく》にある
「無口」という茶店で
慰《なぐさ》めている

さっきから
すすり泣《な》きは　一瞬《いっしゅん》ごとに深い
言葉の終りまで沈《しず》んでいる
祖母はそのごとに若がえった
眼《め》をまっすぐこっちにむけて
もうそのつぎのことだわよ　無言で
誘《さそ》ってくる

界隈《かいわい》は額縁《がくぶち》だけかがやいて
妙《みょう》な袋《ふくろ》小路《こうじ》のところでは
組《く》み紐師《ひもし》の妾《めかけ》になった
神話の比売《ひめ》が祀《まつ》ってある

はじめて祖母と出会ったのは
乃木神社のくら闇《やみ》
「婚」の字をたくさん紙に刷《す》って
いっせいにばらまいた「帯子《たらし》」という子が
いまはじめて女になった
そういいながら小走りに寄ってきた
がまんできないわよ　わたしだって
母を産《う》むまえに　どうしたって
あなたと片《かた》をつけておかなくっちゃ　そういいながら
たしかその日
祖母は乳房《ちぶさ》を晒布《さらし》でおさえていた

＊＊

嬰児を映した鏡《かがみ》のなかは
ひびわれた沼《ぬま》がつづく

沼のはずれは
「相生《あいおい》」という名の　母をうめた橋
母の裾《すそ》につかまって　いっしょに
ゆけるのは
「相生」の橋の橋桁《はしげた》までだ
それからさき　やつれて
嬰児はもどってくる
母はもう死の別所《べっしょ》に歩みさる
渦《うず》が胸をこえて溢《あふ》れた　それから
水の寒い姿《すがた》に吸《す》いこまれる

何べんものぞいた
石塔《せきとう》みたいな橋桁のところに
水の死が影《かげ》みたいに澱《よど》んでいる
嬰児はすこしずつあきらめる
風を炎《ほのお》みたいにあつめ

母の産衣《うぶぎ》を焚《た》いた
なぜそんなことをするのか　わからぬままに
「悲」のしみた灰《はい》の
しめりをふりまく
追っかけてゆきたい影は
追っかけてくる影とおなじだ
そう気づいたら
嬰児の鏡は　ひとりでに壊《こわ》れた

おおきな轟《とどろ》きが
水に裂《さ》ける
一瞬《いっしゅん》沼に映った嬰児の影が
母の髪《かみ》のなかで　かすかに
それを聴《き》いた

＊＊＊

誘《さそ》う言葉が
衣服《いふく》のおくの燠《おき》のところまで
さかのぼる
あの花柄模様《はながらもよう》のうしろの位置で
ふと消《き》えてしまったのは
聖地に行きかけた　蟻《あり》みたいな
文字の群れだ

文字はどこに消えたの　いったい
どんなものなの
文盲《もんもう》の祖母は　衣服から
ふたつの手をだすと
辞書《じしょ》の端《はし》をつかみながら
焦慮《しょうりょ》を　船着《ふなつ》き場《ば》みたいに

指《ゆび》で囲《かこ》んでいる
むかしは菫《すみれ》の花から
光線がでて　それにあたったものは
みんな菫の花に
染《そま》ったものよ　もう
夕暮《ゆうぐ》れになったので　髪《かみ》を梳《す》きながら
そう嘆《なげ》いている

祖母の衰《おとろ》えた眼《め》は
舟型《ふながた》をした文字みたいなものが
船着き場を出ていった
かすかな気配《けはい》に気づかない
いちばんすくない字画《じかく》からはじまって
つぎつぎ逃《に》げていった　みんな
祖母の知らない都会で

ひそかに集まって
うまく意味など組みあげる　そんな
順序《じゅんじょ》になっている

祖母からみれば
文字はみな
荒れはてた路《みち》の茂《しげ》みに
捨《す》てちまった子供たちの骨《ほね》だ

＊＊＊＊

祖母《そぼ》の胸のなかは
「養分をふくんだ思考」だった
仏木坂のたもとの樅《もみ》の木に
ちいさな恋を衣《ころも》みたいに懸《か》けて
裸《はだか》で舟遊《ふなあそ》びにでかけた　その日から

最低どんなときも
頭脳《ずのう》を波立せる風を
鉛筆《えんぴつ》みたいに削《けず》って　ちびた
家計の数字をなめてきた

疲《つか》れは粉《こな》に挽《ひ》いてたくわえ
悪さをした母の口に
懲罰《ちょうばつ》のため押しこむ
豪快《ごうかい》な祖父《そふ》も
年うえの祖母に出あってから
三度の食事のうち一度は
得体《えたい》のしれない「養分」を
混《ま》ぜられている　やがて

夢《ゆめ》という夢はきまって
針《はり》みたいな穴《あな》に吸《す》いこまれた
たくましい腎《じん》に　祖母の

会陰《えいん》を洗った水が蓄積《ちくせき》される　ある日
街《まち》全体をむりに
部屋のなかにひっぱりこむと　祖父は
一番地から壊《こわ》しはじめた

ちょうど一丁目二十六番地まで
そのとき生まれたとすれば　祖父は
よく切れる刃物《はもの》みたいな声で
孫《まご》の音階を切り裂《さ》くと
市街図《しがいず》の幻《まぼろし》を　しずかにたたんだ

＊＊＊＊

心音《しんおん》のさきにつかまったまま
不安な眼をつむっている
あの世界の胸のあたりにむかって
永遠みたいにたよりない

字画が歩む

もうひとつ向うの空の
際限《さいげん》のない風の湧《わ》き口《ぐち》からは　また
視《み》えない記号が届けられる

見知らぬ盲目《もうもく》の子が
すき透《とお》った耳の近くにやってきた
字画は耳のなかに入った

＊＊＊＊＊

読者は森にあつまって
車輪で圧《お》しつぶされた文字の
残骸《ざんがい》を悼《いた》んでいる　ちらばった
扁《へん》を指して嘆《なげ》くのなら　文字の
起源《きげん》について泣《な》くべきだ

「妹」その「声符《せいふ》は未《び》」
まだ愛恋《あいれん》を販《う》らなかったのに
「姿《すがた》」その「声符は次《し》」
「それは『立ちしなふ』形であろう」
「立ち歎《なげ》く女の姿は　美しいものであった」

ひと画《かく》ひと画が
イメージの鳥になって
月の輪に影《かげ》をついばんでいる　やがて
うなだれた塑像《そぞう》みたいに
こわれたキイ・ワードを
組み立てはじめる

つくられた一語に色づいた
村の妹たちに触《ふ》れてきた　乳房《ちぶさ》は
森のうしろ　双《ならび》が丘《おか》になった

風に揺《ゆ》られた神話のなかでは
概念《がいねん》がエロスだった
永遠という旅の途次《とじ》の字画よ
そのままで　どうかそのままで
こわれた村の妹たちは　都会にでて　夜ごと
「新見附《しんみつけ》」という文字に抱《だ》かれている

いつか明け方　窓《まど》から見おろすと
陸橋のしたの鋪装路《ほそうろ》を
森に帰りそこねた活字たちを束《たば》ね
新聞配達が通りすぎる

＊＊＊＊＊

「さよなら」は　すわっていた椅子の
とめ金《がね》をはずしかける
字画《じかく》は　ひと画ずつばらばらに

鶫《つぐみ》のかたち　紅鮭《べにざけ》のかたち
雨のかたちなど　変幻《へんげん》しながら
おおきくいえば　樹木《じゅもく》の掌のひら
河の流れの指さきになって
白い二頁《ページ》の草原に　消《き》えてゆく
さすらいのジョン・ウェインみたいに

棺《かん》が運びだされた
あとみたいに　読者はとても頼《たよ》りなげに
もう立ち上りかける
「さよなら」の癖《くせ》だった口調など
ふと思い出しながら

とにかく晩《ばん》の送別会は
賑《にぎ》やかだった
鍋《なべ》に文字をほうりこんで
煮込《にこ》みながら　みんなで

つついた
けっきょく最後まで
煮えきらずに　歯《は》にこたえたのは
「魚」や「鳥」や「樹木」などという文字だが
おもうに　こういった動物蛋白《たんぱく》や樹液《じゅえき》の
微量《びりょう》の鉱物質《こうぶつしつ》がなかったら
「さよなら」の詩語は
無味な繊維質だけだ
ほとんど出席者は　一致《いっち》しかけてる

さっきから黙《だま》ったまま
「さよなら」は　影絵《かげえ》みたいに
ひっそりと　主賓の席にひかえてる
詩は　書くことがいっぱいあるから
書くんじゃない
書くこと　感じること
なんにもないから書くんさ

ぽつりそうつぶやくと
忌わしい　われらの時代の
鋭敏《えいびん》な言葉の「壮丁《そうてい》」として
『民数紀略《みんすうきりゃく》』の文句にまぎれて
消えていった
シナイの野のモーゼみたいに

あとがき

『野性時代』一九七五年十月号の
詩「幻と鳥」からはじまって、
一九八四年三月号の
詩「『さよなら』の椅子」にいたるまで、
連載された全詩作品をもとにして
再構成されたのが、この詩集である。
その間のすべての労を取られて、
倦まなかったのは
『野性時代』の前の編集長であった
渡辺寛さんであった。
その意味では渡辺寛さんの
貴重な置土産であり、

この詩集は第一に渡辺寛さんの労に
献呈されるものだ。
そのあとを引き継いで
この詩集を一個の見事な本に
仕上げられたのは、
角川書店編集部の中西千明氏である。
氏につつしんで感謝の意を表する。
わたしはといえば
久しぶりに何かをやり遂げた、
充実した思いを抱いている。
このうえは、できるだけ
多くのよい読者に出遭うのを
心から願っている。

昭和六十一年七月二十日

吉本隆明

Ⅳ　言葉からの触手

1　気づき　概念　生命

気づくというとき、そのはやさはある境界のうちにあるはずのものだ。気づきの本質からして、境界をこえてはやければ、過程のすすみ自体をさまたげるだろう。また境界をこえておそければ、気づき自体が無意味になる。この気づきの境界はずっと以前には、はっきりと自然がすすむはやさのことだった。現在は？　いまもおなじだが、このばあい自然過程のはやさは、さまざまな産業のはやさとして多層になっている。

限度をこえたはやさで気づきたいという願望は、現在でもけっして人間からなくなっていない。それは気づくまえに気づきたい願望にまでたかぶる。いってみれば人間もその一部である自然の過程をこえたはやさで、気づきたいのだ。気配よりまえに気づきたいという願望までくれば、不可能な空間に触手をのばした病態だが、宗教、神秘、ウルトラ・サイエンスがいちように願望し、そして願望が遂げられたと称しているのは、これのことだ。わたしには現在の多層になったはやさが、むこうからこちらへもたらす不安や被害感のあらわれにみえるだけだが。

気づくことの自然なはやさは、生活をいく重にもとりかこんだ産業と、消費の多様なはやさそのものでしかるべきだ。だがそうすると気づきのはやさは、それぞれちがった節片に輪切りにされる。ある断面ではかなり鈍感に、またべつの断面ではかなり過敏に気づかされる。この気づきの断面ごとの差異は、むすびついて自己察知の系をつくっている。

風の囁きから森のなかの樹々の病態がわかるという木樵りの察知力、穂の垂れ具あいや葉鞘の色あいで、その稲になにが不足かわかるという農夫の察知力のたぐいは、たんなる経験知ではない。人間やほかの動物とちがって、生命がまったく内在的で、そのためそとからわかる行動をとらない植物みたいな感受性の型を、つまり察知や気づきの型を、これら木樵りや農夫たちは内部に呼びさまされているのだ。こんなことはもちろん生活知や社会知としては、ちっとも重要なことではない。だが人間の生命にまつわる知は、否定性を反復＝媒介にして現在の存在感にまで到達した。それを体認している意味ではたいせつな識知なのだ。

人間の生命の過程は、もし生物体ということにそっていえば、感受性と、その了解と、それから呼びおこされた行動から成り立っている。感受性のばあい五つの感覚をあらわすそれぞれの器官に魂は瀰漫している。そして五つの感覚はじかに対立の状態にある。了解のときは諸感官はそれぞれの度あいで、べつべつに励起状態にある。また呼びおこされた行動の過程では、諸感官と五体や四肢は、統合されてそとにむかってあらわれようと準備されている。これが、生物体の内部で生命がじぶんをいつもあたらしく駆りたてる過程なのだ。

もちろん、そんなこと記述してどんな意味があるんだとあなたが問うところでは、わたしもおんなじことをじぶんに問うている。なにかどうでもいいつまらないことを書きとめているのではないか、というように。だがよく気をつけてみると、生物体のなかでは、この生命の過程は「概念」を成り立たせる発生期の状態（ナッセント・ステート）なのだ。もうひとつある。この生命の過程は、動物では類としての過程に過不足なく一致していて、個体を主張するまでにいたらない。個体を主張しているばあいにも、外側からはうかがいしれないほど内在的で、悲しく憐れだ。だが人間はこの類的な過程で、じぶんとしてじぶん自身を反復＝媒介し、そのことによって類から突出する。だから生物体としての人間は、類的な自然からみたら傲慢な、憎たらしい、たけだけしい存在なのだ。それが「概念」を生命としてみたときの実態だ。そして類としての人間は、みんなが現在口をそろえていっているほど、たんに歴史だけによっては簡単に滅亡しない。やがて、類の影は、衰えてきた気づきのあいだを縫って、生命としての「概念」の実態をおおいつくす。それが死だ。

だがこの死は、生命のおわりなどと似てもにつかないかたちで、じぶん自身を反復＝媒介する。はじめに魂であったものが、つぎに理念として生まれかわり、精神の幾何学をつくるにちがいない。

2　筆記 凝視 病態

たぶん現在は、書かれなくてもいいのに書かれ、書かれなくてもいいことが書かれ、書けば疲労するだけで、無益なのに書かれている。これが言葉の概念に封じこめられた生命を、そこなわないで済むなどとは信じられない。現在のなかに枯草のように乾いた渇望がひろがって、病態をつくっている。だがそれは個体が生きている輪郭といっしょに死滅してしまう。ほんとにそこなわれた概念の生命は、個々の生の輪郭をこえて、文字を媒介に蔓延してゆくだろう。想定できるいちばんひどい損傷は、やがて文字と概念のむすびつきがこわされてしまうことだ。たとえば生命という文字のかたちが〔生命〕という概念とむすびつく必然はなにもない。そうおもえるようになったとき、じっと眺めているとどんな文字でもそれがそんな恰好なのはへんだとおもえてくる。視線が文字の形をとおりぬけてしまう病態は、どこまでも蔓延してゆくにちがいない。そのときには、文字とその像とをじかに対応させるシステムをつくりあげているほかない。つまり概念に封じこまれた生命が萎縮し、破棄されたあとは、文字はじかに対応する像とむすびつかなければ生きのびられない。文字の像が意味をなくして網膜上に氾濫するところを想像してみる。そして概念はもう生命をつくれなくなっている。批評はそのとき文字をたどりながら、意味ではなくて無意識にできあがった文字自体の像を語らなくてはならない。

ひとつの文字、それから組みあげられた語を、じっとみつめているとへんな感じにおそわれて、その文字、その語がそんな視覚的なかたちをもち、そんな意味をもつことが疑わしい気分になってくる。だれでもがどこかで、何度か出遇ったことがあるそんな体験には、普遍的な意味がある気がする。わたしたちが植物みたいだったとき、どんなかたちも、かたちの内在性であり、かたちとしてはみえなかった。わたしたちが動物になったとき、あらゆるかたちは、かたちの視覚像だったが、かたちには〔意味〕がなかった。わたしたちが人間になったときはじめて、あらゆるかたちは、かたちの像《イメージ》としてみることができた。それといっしょに、かたちの理念としてつかまえることができるようになった。じっと文字や文字を組みあげた語を眺めていると、その文字がそのかたちであることが不思議でならないとか、その語がその〔意味〕であることになんの必然もないと感じられてくる。そんな奇妙な不安な体験をするとき、その体験は文字の誕生までにいたる〔概念〕の、ながいながい胎児期を反芻していることになっている。人間の胎児体験がぼんやりとした無意識の理念化であるように〔概念〕の胎児体験もまた、ぼんやりとした視覚像の理念化であるといえる。

〔概念〕はそこに封じこまれた生命の理念としては最高度な段階にあるはずなのに、どうして生きいきしていない抽象や、鮮やかでない形象の干物みたいにしか感じられないのか。これにたいする解答のひとつは、はじめにあげたように、書くという行為とその結果のもたらしたデカダンスが、感受性の全体を磨耗させてしまったということだ。あえてしかつめらしい言い方をすれば、自然としての生命と、理念としての生命の差異をひろげてしまったのだ。その意味では最初の原因は、文字の誕生のときすでにあった。文字が誕生してからあと、わたしたち人間は理念の生命を原料に、〔概念〕をまるで産業のように、大規模に製造できるようになったのだ。文字による語の大量生産体制の出現は、ひろがってゆく一方の過剰生産の系列をうみだした。それは必然的に〈概念〉のなかに封じこまれた生命の貧困化を代償にするほか、源泉はどこにもなかった。現在ではほとんどすべての文字、それを組みあげた語は、自然としての生命などを土壌に使わずに、人工的に培養しているといったほうがいい。

3 言語 食物 摂取

肉体には食物がどうしても必要だ。喰べるとき、わたしたちはひとりでに蛋白質は身体のどのあたりの肉づきになり、炭水化物はどんな運動エネルギーになり、脂肪分はどのあたりに、どんな程度蓄積されるかなどイメージをうかべている。いや空腹になればただがむしゃらに喰べるだけだ。そう言われてしまいそうだ。だがそのばあいでも、かれは食物が身体の輪郭のなかに溶けいり、わずかの老廃物が体外に排せつされることだけは、ひとりでに承認していて、無意識のうちにそんなイメージをおもいえがいている。

おなじく精神、いいかえれば普遍性にまで拡張された感覚器官にも、食物は必要だ。精神にとっての食物、つまり言語。言葉をしゃべったり、書いたりするのは、精神が喰べてることだ。しゃべっているとき、書いているとき、精神は空腹をみたしているのだが、そのときほんとに養分として摂取されるのは、ごくわずかで、あとは老廃物として排せつされているのとおなじだ。このばあい言葉の音声は天然食に、音韻は精製された食品に、概念は調製された栄養素になぞらえられる。

沈黙ははんたいに、精神が空腹、飢餓、断食の状態にあることだといえる。その状態に耐えられなくなったとき、わたしたちはひとりでにしゃべったり、書いたりするのだ。また意識して精神はじぶんを沈黙の状態におき、老廃物の摂取を断ち切ろうとかんがえるときがある。そのばあい空腹や飢餓や断食は精神をそこなわない限度で行われる。もちろんこの限度が精神生理的に破壊されていて、空腹や飢餓や断食がどこまでも許容されてしまうような異変はおこりうる。

ここまで言ったのだからついでにいえば、精神は食物と意識せずになんでも喰べてしまう器官をもそなえている。これはべつの言い方をしたほうがわかりやすい。肉体は口腔や胃や腸のような、食物を喰べ摂取し、排せつする器官系のほかに、嘱目の事象すべてを摂取し、消化する器官をもっているというように。視たり、聴いたり、また触れたり、匂いを嗅いだり、味わったりという感覚をつかさどる器官は、嘱目の事象についての口腔なのだ。このばあい嘱目の事象が食物のかたちをしていないために、どれだけ摂取され、養分として身体のなかに蓄積されるものか、まったくわからない。摂取し、消化すること自体が、そのまま排せつだということもありうる。こういう言い方から、感覚器官の作用のばあい、精神と肉体の両方の概念を、おなじように使えるのがわかる。ここから出発すること、そしてここへ還ることはおなじなのだ。

絶えずぐぐまった音声でぶつぶつと独り言をつぶやいている精神の病、あるいははんたいに音声をまったくなくして緘黙している精神の病。これらは比喩的にいえば呆けて生ま米を齧っている老人の姿や、潔癖のあまり拒食症にかかって痩せ衰えた少女の姿になぞらえられる。だが、ほんとはこういった精神の病は、病むことでなにをしようとしているのか？　こんなふうにして、人間は草木や虫や獣の世界へゆく入り口をさがしているのだとおもえる。ただたんに精神が現実から撤退したいのなら、おしゃべりや書き言葉の脈絡だけをうしなえばいいはずだ。くぐもった独り言や、まったくの緘黙はそれとはちがう。草木や虫や獣のほうからみたら、人間がじぶんたちの世界への入り口をさがしている印象にみちているに相違ない。

4　書物 倒像 不在

わたしが書く。書きすぎる。するとなにがこの世界におこるのか。わたしに実感できるのは、一瞬だけ書きおえた安堵にひたり、胸や頭のあたりが空っぽになった気がし、しばらくはおぞましくて、どんなことも書きたくないという感情に支配されるということくらいだ。わたしの内部におこったことは、外側の世界からはうかがいしれないようにみえる。それならばわたしが、ではなく世界が書きすぎ、書物が氾濫しすぎたら、なにがこの世界におこるのか。おなじく、春秋の筆法をもってすれば、世界が一瞬だけ書きおえた安堵にひたり、世界の胸や頭のあたりが空っぽになった気がし、しばらくはおぞましくて、どんなことも書きたくない感じに支配されるはずだ。それから世界はどう振舞うだろうか。もし世界にゆとりがなければ、ちょうどわたしがそうするだろうように、ふたたび書きすぎ、書物を氾濫させるという反復に入るだろう。世界にゆとりがあれば、わたしがそうするだろうように、おぞましいと感じた分だけは、霧散させるために身体を行動させるだろう。それが遊びの気分であれ、苛立たしい八つ当りの気分であれ、書くことをなくすだろう。もし世界が反復も霧散もならないほど逼迫していたらどうするだろうか。世界はじぶんの無意識に、じぶんの逼迫を映しだすにちがいない。わたしたちは、この無意識が逼迫したときの世界の倒像を、極限としての**現在**とみなしている。

書物はこの倒像のなかでは、文字が記載された個所だけくりぬかれている。また書物の氾濫はその氾濫分だけ空洞になっている。この意味では世界は、書物の情報量の総体だけ神経系統に障害をうけるといっていい。よい空気、よい栄養。だが肝腎の抗生物質だけは、世界の空洞からしか培養することができない。書を捨て街頭や広場へゆけば、世界の病態が回復するとおもう行動主義が錯覚するのはここだ。かつて生体を自体で病ませたもの、病ませたものの病原、そのまた病原という連鎖のうちにしか、世界を回復する薬物はみつけられない。

現在というものの病原は、どうやって形成され、どんな伝播の特質をもっているのか。それをわりだすのは難しい。ただ理路としていうだけなら、系統的にそれを位置づけるのはできないことはない。それぞれの書物のそれぞれの頁は、じぶん以外の他の書物の他の頁と異種または同種交配できる性質をもっている。このばあいこれを媒介するのは、人間の頭脳の働きがうみだす波動の重畳体みたいな像《イメージ》だといえる。ここでは人間は像《イメージ》が身体であり、身体のほうが観念のフィード・バックに転化する。そしてまたここが人間の身体が像《イメージ》に転化する唯一の場所だといえる。

書物。それは紙のうえに印刷された文字の集積体でもなければ、ある著作者の観念の系譜が、言葉にあらわされたものでもない。それは表側の視線からみると、起源からやってくる人間の反復・霧散・逼迫の連続体であり、裏側の視線からみると、終末から逆に照射された人間の障害・空洞・異種または同種交配の網の目である現在のことだというべきだ。

書物は、至上の書物あるいは最高の書物でも、ただひとつの絶対的な真理を埋蔵することは、先験的にできない。その理由は、どんな書物も書物であるかぎり、表側からの反復・霧散・逼迫と裏側からの障害・空洞・異種または同種交配の視線によって、はじめてこの世界に存在できるからだ。

5　思い違い　二極化　逃避

わたしが思い違いをする。そしてあなたも思い違いをする。わたしやあなたが思い違いをしやすい主題は、その発想の型がどこかで、じぶんと親たちとの関係に源泉をもつものではないだろうか。べつの言い方をすれば、どこかでじぶんと親たちの関係を想いおこすことを強いられるような主題では、ひとは誰でもしばしば思い違いをやるにちがいないとおもえる。するとその主題はあらゆることにわたり、わたしたちはあらゆることで思い違いをすることがあるのではないか。いやすこしちがうようだ。すくなくともフィジカルな科学を主題にするかぎり、実験や理論に思い違いの余地はない。あるとしても単純誤認だけで、意識と無意識の錯合体としての思い違いではない。フィジカルな科学をのぞいたぜんぶの主題では、親たちとの関係は生涯の思考方法の型を決めてしまう。だがどこでどう決定されるかは謎にちがいない。思い違いがおこりうる思考、いいかえれば大なり小なり情念と感性が加担する思考では、わたしたちは胎内で羊水のなかに浮かんでいるような状態を、ほんとは理想としてさがしているのだ。べつの言葉でいえば、この世界を羊水のなかにあるかのように思考するのが、いちばん本来的なのだと無意識におもっている。でも実際にわたしたちがやっているのは、過大評価か過小評価であり、有害な結果か有益な結果かであり、美化しすぎるか、卑小化しすぎるかであり、愛しすぎるか憎みすぎるかである。つまり羊水が破れて涸れたすぐあとの記憶の世界みたいに思考しているのだ。

思い違いをゆるやかにし、修正をほどこすために、わたしたちがやっているのは、それを源泉にもどすことだ。母胎にもどすことだといってもよい。すると思い違いは、気味のわるいもの、恐怖にかられるもの、愉楽であるもの、馴染まないもの、手馴れたもの、異郷的なもの……の系列と、気持ちのよいもの、愉楽であるもの、手馴れたもの、土着的なもの……の系列とに二極化される。そうしたうえで気味のわるいものの系列を、括弧にくって固定してしまったり、玩具にして弄んだり、逆説的な愉しみに転化してしまったりする。また気持ちのよいものの系列を、母胎のなかみたいに透明な、気密な感情にまで融和させている。もうひとつ、わたしたちはまったく正反対のやり方で、思い違いをゆるやかにし、修正をほどこしている。もともとは実体がないはずの自我意識に、あたかも実体があるかのような輪郭を仮装し、その周りにあるはずのないほのぼのと温かい透明な雰囲気を仮構して、気味のわるいものの系列も、気持ちのよいものの系列も、ふたつとも侵入できないようにしてしまうことだ。

だが、とわたしはいっておこう。このいずれの方法でもふせぎきれないかたちと強さで、気味のわるいものの系列も、気持ちのよいものの系列も、自我意識の壁をおそってくることがありうる。するとわたしたちの意識と無意識は、恐慌にさらされ、崩壊しそうになる。わたしたちの意識と無意識は、崩壊をまぬかれようとして、気味のわるいものの系列と、気持ちのよいものの系列のふたつから同時に逃れ、しかもこのふたつの系列を同一化できるような経路を、懸命にさがしもとめる。つまり母胎の外の世界に、羊水のなかの世界をさがすのだ。それは確かにあった。意識または無意識の方法としての神経症、精神病、痴呆、恍惚がそれだ。ここでは気味のわるいものの系列と気持ちのよいものの系列とが同在しているだけではなく、同一化されているようにおもえる。

だから、とわたしは最後に書きとめておく。まだ思い違いの以前にある不安、恐怖、おののきは、べつな意味では精神の覚醒の極限だともいえるのだ。わたしたちは昼間は起きて目覚めており、夜は自我意識をといて眠っているとおもっている。ときどきは昼間眠り、夜に眠れないこともあるとみなしている。でもほんとはそうではない。四六時中いつも、半ば目覚め、半ば睡眠状態にあり、その均衡のなかで日常ありつづけている。この均衡のやぶれは、夜間の夢として、または昼間の強制力として、すがたを垣間見せる。

6　言葉 曲率 自由

言葉は、あるひとつの物体と、その物体をめぐってその物体を離れない像を指示したい願いをきっかけに、うみだされる。だから表象としてだけ、うみだすきっかけになった物体を含む。物体も、その物体の像や指示も、言葉のなかで死体のように眠っている。だがここでいう死体の意味は、動かせないおなじものということだ。だからある言葉が死語だということは、動かせないおなじものしかよびおこせなくなったことだ。

ある言葉のさす実体が全体のなかの一部分の要素ではなく、全体を象徴するようなおもな要素になってしまったとき、その言葉の概念はやはり死ぬ。でもこのばあい死ぬということは、さまざまな姿でありうる。無効になる、言っても無意味、言ってもいわなくてもおなじ、言葉としての機能をじぶんから解体した、等々。また死ぬということはべつのことを意味するばあいもある。その実体が物体としての側面をなくしたために概念が成り立たなくなった、というばあいだ。死にきって記憶にまではゆきつかない谷間で、その物体としての側面はさ迷ったままになっている。

ある言葉が活きているということは、その言葉のさしている実体が、まだ過程の側面からみられる状態だということだ。これはかならずしも実体が動いているか静止しているかとはかかわらない。過程という側面は、こちら側が動いているばあいもありうるからだ。わたしたちが、これはべつな新しい概念がいるのではないかとかんがえはじめる状態は、実体がこうなった状態なのだ。

こちら側の視線がどうであれ、ある実体が動いていることをみせたがっているようなら、それはひとつの概念が誕生したがっていて、こちら側に容認を求めているのだ。そんなときはあたらしい言葉を用意しなくてはいけない。これは造語ということとはちがう。造語はあたらしい言葉ではなく、しばしば古い概念をより微分化したい欲求なのだ。その微分化に意味があるかどうかは、まったくわからないことだ。あたらしい概念の誕生はまったくちがう。それは実体の動きが不可避の曲線を描き、その曲率が生命の曲率にあっていなければならない。そうなったとき、ひとつの概念が自由の感じにつつまれて誕生する。概念でうたいあげられる自由、いいかえれば言葉としての自由よりほかに、自由はありえない。そう言いたいところだ。また推論の経路をたどってゆくと、どうもそうなりそうな気がする。だが、とすこし佇ちつくしてみる。仮りにそうだったとしても病いとしてそうなのかもしれないから。かつては概念の発生にゆきつかないで、実体の動きが生命の曲率に入ったとき、すでに自由という感覚を体験していたという時期はありえた。そうかんがえないと、すべての言葉は、ただ時間の経過だけで死語になってしまうことを承認しなければならなくなる。そうすると言葉の母、言葉の父、言葉の母胎、祖語という観念をうしなってしまう。

7　超概念　視線　像

概念はどんなふうにつくられるものか。その過程が高速度映写され、ゆっくりとスクリーンに投影されたと仮定する。いま「海辺の草花」という「概念」がつくられるとする。それは海辺の岩や砂浜のかげで見かけるたくさんの草花、たとえば、浜かんぞう、せんだい萩、はまゆう、つばな、ふじなでしこ……などの視覚像から共通の芯にあたるものが抽出されてつくられる。共通の芯にあたるものは「概念」にまで抽出されたときには、もう視覚的な像《イメージ》を離脱して、あるレベルで抽象的なものになっている。だがこのものはいったいなにか。わたしは「海辺の草花」の像《イメージ》をそれぞれ想い浮かべて、そこから共通の「概念」をつくってみることを、何遍もなんべんも復習してみるのだが、この概念を構成しているものがなんなのか、うまく言葉で捉えることができない。また名づけようもない。意味ある抽象体のレベルにあって、起源が具象的な実在の視覚像であるものが「概念」だ、としかいいようがない。わたしは苦しまぎれに、その実在物の含んでいる生命の糸が巻きこまれ、折り畳まれて詰めこまれたものが「概念」だとどこかで述べたことがある。しばらくそれで我慢しておくことにする。ここではべつのことにむかいたいのだ。

ここで「概念」の起源にある実在物の視覚像というとき、この視覚像は無造作に、実在物にたいして人間の眼の高さで地面に平行する視線を前提にしている。人間の眼の高さが、高層ビルディングや航空機や丘陵地によって高さを加算されていても、地面に平行する視線を前提としていることにかわりない。また印刷物、写真、画帖などに掲載された実在物を上方から視ているばあいでも、画像そのものは、眼の高さのところで地面に平行した視線によってつくられている。だから地面に平行な視線にかわりがない。そこでいま、実在物の地面に平行な視覚像をもとにして「概念」の像《イメージ》をつくりたいわけだ。あるいは「概念」を像《イメージ》に変換したいといってもいい。

まず、じっさいには不可能だが「概念中間体」を仮定してその像《イメージ》をつくってみる。それは簡単そうだ。たとえば「海辺の草花」の「概念中間体」は、像《イメージ》に変換すれば〈浜かんぞう、せんだい萩、はまゆう、つばな、ふじなでしこ……など海辺に咲く無数の草花の、地面に平行な視覚像がいっぱいつまったもの〉を意味している。この草花の視覚像がいっぱいつまった、じっさいには存在しない「中間体」から、どうやってほんとの「概念」そのものの像《イメージ》に移行できるのか。

まず「中間体」につめこまれた〈海辺の草花の地面に平行な視覚像〉は「概念」のレベルでは〈海辺の草花の客観的に視られた生命の線条〉の像《イメージ》に変換される。また中間体につめこまれた〈いっぱいつまった無数〉という意味は、〈無数回折り畳まれた〉という像《イメージ》に変換される。そこで「海辺の草花」の「概念」として、最終的にえられる像《イメージ》は〈海辺の草花の客観的に視られた生命の線条が、無数回折り畳まれたもの〉ということになる。

ところでここで「概念」の像《イメージ》のたいせつな性格はそのさきにある。視覚像が地面に平行な視線によるだけでないことは、瀕死者、宗教家、神秘主義者によって、しばしば語られたり、信仰されたり、体験報告されたりしてきた。かれらの体験した視覚像は、つづめていってみれば、かれらが地面に平行な視線と地面に垂直な上方からの視線を同時に行使した高次視覚像だということがわかる。そしてこのばあいの地面に垂直な、上方からの視線は、ある限られた高さでなければ、地面に平行な視線と同時に行使されないことを、かれらの体験は語っている。これは意識の減衰と神秘的な信仰の体験であって、なんら普遍性がないとみなされてきた。しかしながら、映像手段が技術的に高度になった結果、現在ではこのばあいの地面に平行な視線と地面に垂直な視線との同時複合した高次視覚像をつくりだすことができるようになった。このことをくわしく語ることが、ここでは大事ではない。ただここまでかんがえてきたうえは、「超概念」と「超概念」の像《イメージ》を、あらたにかんがえに加えるべきだと提案されているとみなしたいのだ。「海辺の草花」の「超概念」の像《イメージ》は〈海辺の草花の自己客体視された生命の線条の無数回フラクタル曲線〉ということになる。ここでいわば「概念」が「概念」の死の像《イメージ》からの逆照射（垂直照射）をうけて「超概念」をつくりあげるようになる。

この「超概念」をつくっている逆照射（垂直照射）には、現在さまざまな理念の客観像がぶらさがっている。緑の理念は植物に固有な客観像に、ヒューマニズムは人間の視線に固有の高さの鳥瞰像に、無機物の理念は、超高度の客観像に、それぞれの理念の像《イメージ》の根拠をおいている。あなたは現在いったいどの理念の客観像にぶらさがってこの世界を視ているのか？

8　思考 身体 死

思考にふさわしい環境は、身体にふさわしい環境とおなじだ。だが思考しているときには身体は無意識になっているか、思考そのもののなかに熔融してしまっている。一瞬内省する眼ざしのとき思考しているじぶんの身体の像《イメージ》が視えたとおもうだけだ。思考のなかに融けてしまった身体が、そのときいわば無意識の水面にさざなみをたてたのだ。おなじように思考するじぶんの身体を、思考の対象にしたいとおもって振舞うとき、身体の像《イメージ》が視える。思考に個性がかんがえられるとすれば、身体に個性がかんがえられるのとおなじだ。身体が二つの眼をもち、四肢をもつということには個性はないが、どんな眼の光や四肢の形をもつかということには個性がある。思考もまた展開される〈意味〉や〈目的〉に個性があるのではなくて、言葉というX光線にのせたとき、透視される思考の骨組みや臓器の運動に個性的なものが視えるのだ。思考の骨組みや臓器の運動は、思考が蓄積された経験が、無意識のはてにつくりあげたものにほかならない。

思考が骨組みや内臓をうしなうということは、ふたつの意味にかんがえられる。ひとつはその思考が対象反射の強度だけ、その結び目だけをえらんで走ることによってだ。もうひとつは思考そのものの停止、死ということによってだ。はじめのばあいは思考は感覚的な受けいれそのものに転化してしまうか、それと同一とみなしてかんがえられる。第二のばあいは「茫然とした無為」をふりあてるべきだろうか。あるいは身体の死と並行した「思考の死」をあてるべきだろうか。これは測り難いところだ。なぜかといえば「茫然とした無為」も身体の死も、まだその状態の意味（あるいは効用）が、よくわからないところがあるからだ。

でもただひとつのことは明瞭だ。「思考の死」または「老い」ににた「茫然とした無為」がなければ、思考は転結をもちえないだろうということ。べつの言葉でいえば物語をつくりえないだろうということだ。そうなったら思考は冒険にむかったり、自滅にむかったり、没落にむかったりすることなしに、ただ緩やかな曲線で未知から未知のほうへ走るだけだろう。するとどんなことが起るのか。思考するとき、じぶんはじぶんの身体に無意識になっているか、じぶんの身体を思考そのもののなかに熔融しているはずなのに、緩やかな曲線のなかでは、思考はいつも身体の骨組みや臓器の局所的な像《イメージ》と視つめあっていることになる。どうもこの状態はおかしい。この状態がいつもありうるとすれば、わたしは局所的にじぶんの死を死にながら（死を視ながら）思考を持続できることになる。言いかえれば部分的にならじぶんの死を体験できるし、解剖もできることになってしまう。それとおなじことだが、他者の死がすくなくも部分的には視えないということが起りうる。

この状態はどうかんがえても、じぶんと他者のあいだの交通が障害された状態に対応する。思考のさいにじぶんにじぶんの身体の像《イメージ》がいつもちらついていると、その度あいに対応して、じぶんは他者の死を視ることができない。他者の死が視えないとすれば、その度あいに対応して、じぶんと他者をはっきりした輪郭で隔てている意識をうしなってしまうことになる。すくなくとも言葉は不通になるか、あるいは不完全な規範としてしか交通しなくなる。思考もまた言葉のない思考、一種の奔溢する感覚でできた思考に転化してしまうにちがいない。感覚は粘性をもった液体のように他者にとどけられ、他者をくるみこんでひき寄せようとし、じぶんは他者と交通していると確信している。またそんな自己了解のもとに振舞っているのに、他者には奇妙な振舞いとしか視えない状態になっている。

わたしはその状態の体験を（体験したことがあるとして）記憶していない。でもわたしの身体が母胎を離れて分娩されたのは確実なのに、わたしのこころの状態は母胎を離れたという体験をへていない。こんなことがあるんだとすれば、思考のさいにじぶんの身体の像《イメージ》がいつもちらついている状態で回帰する時間と場所が、それにあたるのではないのだろうか。わたしたちは誕生したとき、すくなくとも像《イメージ》としては、死を胎内においてきたはずなのだ。

9　力　流れ　線分

想像力を力能が発現するひとつの形式だとかんがえると、この力は対象とする物が概念化されるちょうどそのとき、そのところで、対象を像化する力だといえよう。こういった力はどう図表化されればよいのか。まず第一に概念化のときに必要な抽象の度あいを、対象物の物象の次元にまでさしもどす方向の力を、ひとつの要素としてもつはずだ。もうひとつの要素は、物象を重複化（多重化）する力としてあらわされる。するとこのふたつの要素的な力の合成ベクトルが、想像力の像をつくるための力線をあらわすことになる。だがここで自問してみる。想像力は、領域としていつも不変なのか、それともなんらかの意味でそのつど、画定しなくてはいけない領域をもつものなのか？　まだある。想像力は夢の表出力と、像としてどこがちがうのか？　そしてこれらはどう図表化したらよいのか？

想像力があらわれる領域は、経験的にそのつどそれぞれに多様な、違ったものでもなければ、先験的に対象の物象の度あいによってきまる抽象の領域でもない。対象が対象の概念から像化される領域と、対象が対象の形象から像化される領域を、いつも重層的な流れのひろがりとしてもっているといえる。この領域はちょうど中心にある想像力の一点から、水みたいに抛物状に溢れでて、周辺にむかう流れとして像化される。たとえばおおきな果実の形態は、この想像力の領域を、溢れでた無数の流れと線分で画定した形を実体化したものにあたっている。ありふれたリンゴの形は、けっして偶然の形ではない。果肉と液汁の細胞が溢れでたとき画定される領域が、眼に視えるようになったひとつのあらわれなのだ。

ひとつの形と他のひとつの形との差異は固有性と呼ばれていい。それは固有の質のあらわれとみなされるからだ。でもこれは、形を外から鳥瞰してつくりだされた規定だ。ひとつの形と他のひとつの形とのちがいは、中心から溢れでた流れが、じぶん自身（それ自体）をずらし、じぶん自身（それ自体）でありながら、べつのものになろうとするときの摂動のあらわれだ。だから形の根柢にあるものは、じぶん自身（それ自体）がそれとしてありながら、べつのものとしてあるという状態だ。じぶん自身（それ自体）と、このべつのものの振幅の限界が、形と呼ばれるものだ。

想像力が、じぶん自身（それ自体）の力能にじぶんの領域を画定する根拠をもっていて、しかも根拠の上位にそれ以外のじぶんで位置づけるものをもっているとき、それは意志と呼ばれる。だから意志は錯覚する自由と、図表化を擬制にする自由をもっている。いや逆にじぶん自身（それ自体）の挙動が完全な自由をもつことが意志の定義だといっていいくらいだ。こんなふうに個別的に規定しているかぎり、意志は力ではあっても擬似的な力にすぎないから、線分と流れによって像化することができない。任意の瞬間にアト・ランダムに、いつでも多方向に噴きだすような意志の自由線は、像として描きようがないものだ。すくなくも古典的にはそうかんがえるよりほかない。

だが、と現在では保留がつけられるべきだ。個別にみられた意志の定義としての自由の無規定性は、ホログラフィックに、つまり実体の自然根拠なしに、任意の瞬間に任意の場所に像化して描きだせるようになった。力の線分とその流れが無数に折り畳まれていて、しかも像をつくりだせないばあいにも、線分と線分の交点でできた系列は、ある濃度の無限集合の系をつくれるかぎりは像化できるし、またこの無限集合を有意に配位できれば、その像化に形を与えることもできる。これはなにもあたらしい原理ではないが、眼に視える像として実現させたのは近年のことだといえる。これは個別的な意志のあらわれとしての自由の無規定性に、あたらしい意味を与えずにはおかない。いってみれば、個別ごとの意志の自由は、無規定でありながら、その無規定性自体が画定領域をもてるということだ。

わたしたちは一般意志、普遍性をもった意志・法律・立法性だけに、倫理的な意味をつけたり、法的な権限を与えたり、それを承認しあうために、機関を設けたりする根拠や意義があるかのようにみなしてきたが、どうやら変更したほうがいい転換期にいたっている。個別の意志のうち、その言動（振舞い）がアト・ランダムで、恣意的で、空虚だとみなされたもののなかに、力と流れと線分を交叉させてコンパクト（完備）な集合列をつくって、像をおもいえがけるようになった。

10　抽象　媒介　解体

あるひとつの抽象を、べつのひとつの抽象に関係づけたいとき、かならず具象物を媒介にしなくてはならないようにみえる。

たとえば線分を、線分の任意の法則的な連結体である楕円と関係づけたいとき、線分を「糸」という具象物におきかえ、楕円を「卵」という具象物におきかえ、**媒介**という概念を「卵の長軸に沿って巻き付ける」という行為におきかえればよい。するとどんな抽象でも具象物に対応していることは、いつもはじめから容認されていることになる。だがもうひとつどうしても容認した方がいいことがある。すべての具象物は語幹のように、いつもおおきな共通性のうえに存在していることだ。この共通性を「物質」性といってしまうのは、ふたたび抽象化することにしかならない。この共通性はそんなものではない。もちろん分子や原子や素粒子の集合体ということでもない。そのままが存在であるようなもの、あるいはそのままがそのままであるようなもの、それがこのばあいの共通性だ。そのままが存在であるようなもの。わたしたちは究極の深層のところで、この共通性を納得しているため、あらゆる抽象とそれをうみだす操作と、それがもたらす結果を積み重ねてきたし、その恩恵を安堵して受けいれてこられた。だがさしあたってそれは考えの範囲の外におくことにしよう。ここでそのままが存在であるようなものは、わたしたちの無意識の究極のところで容認されているため、しょっちゅう眼の前にとり出してみせる必要もないし、そう簡単にとり出せるものでもない。だからこそことさら意識にのぼらないのだ。そう言ってみたいのはやまやまだが、ほんとはそうではない。すべての抽象とその操作を**剰余**とみなすとき、抽象を**剰余**にしているものが、このそのままが存在であるようなものだ。線分というはじめの例示を尊重して、もう少し言ってみる。三つの相交わる直線分がつくる内角の和は、この直線分の個々の長さ、その比率がどんなにちがっていてもユークリッド的に二直角になるのは、このばあいのそのままが存在であるようなものが、いつもただ一個あるだけだから、三角形という**剰余**は、その見掛けのうえのかたちがどうであれ、内角のただ一つの値、二直角しかもたないのだ。こう説明される。

色あいとしての抽象と言おうか、いっそくとびに芸術としての抽象と言おうか。抽象が感性の色あいに染めあげられているばあい、本来は感性的でもなければ有効でもない抽象化は、ある目的性との対応にむかって運動をはじめたことを意味する。そしてこのばあいに媒介になるものは、抽象それ自身がもっている非目的性である。どうして非目的性が、抽象をある有効さにむかわせる運動の媒介になりうるのか。非目的性が自身を反対（否定）方向にむかって運動させる機能をもつからである。非目的性は目的を否定し、目的性に反対することを意味するだけではなく、非目的性という目的をもつことを意味する。だから反対（否定）方向にむかう運動をもつことができるのだ。媒介、それは反復のことであるとともに、非目的の目的だといえる。

それ自身の出発点から遠ざかる運動（否定運動）をもつことができるものは、すべて抽象的だ。人間もまた。ただこの運動が成り立つためには、そのままが存在であるようなものが走る軌跡に、抽象自体がはいりこめなくてはならない。なんとなれば、そのままが存在であるようなものが走る軌跡は、ほんらい万能の軌跡、普遍性の軌跡だからだ。いったんこの軌跡にはいりこむことになれば、すべての抽象は、いいかえれば自身のなかに自身の反対物を含むものは、自身とその反対物とに分割される。わたしたちの内省のなかに、ときどき後悔の色あいがじぶんで視えることがあるが、それはこの軌跡を内省が走っているときだ。

すべての抽象は、それぞれの抽象に固有な**解体**の場所と時間をもっている。人間という抽象はいつどこで**解体**する（した）か、善悪という抽象はいつどこで**解体**する（した）か、というように。それを具体的に指定することも予言することもできない。だが**解体**がどんな状態でおこるかは指定できる。あるひとつの抽象が、自身とその反対物とに分裂する運動をどこまでも展開して、**解体**という強力な総合作用以外では、抽象自体が自壊してしまい、もう、成り立たなくなる時間と場所が、**解体**の時間と場所だということはたしかだ。すべての抽象には**解体**が唯一の存立の根拠である時間と場所がかならずある。

11　考える　読む　現在する

知的な資料をとりあつめ、傍におき、読みに読みこむ作業は〈考えること〉をたすけるだろうか。さかさまに、どんな資料や先だつ思考にもたよらず、素手のまんまで〈考えること〉の姿勢にはいったばあい〈考えること〉は貧弱になるのではないか。わたしたちは現在、いつも〈考えること〉をまえにしてこの岐路にたたずむ。そして情報がおおいため後者の方法にたえられずに、たくさんの知的な資料と先だつ思考の成果をできるだけ手もとにひきよせて〈考えること〉に出立する。いや、これでさえ恰好をつけたいいぐさかもしれない。

すでに知的な資料や先だつ思考の成果を〈読む〉ことだけが〈考えること〉を意味する段階に(段階というものがあるとして)はいってしまったのではないのだろうか。それ以外に〈考えること〉などありえないことになったのでは。

ほんとはいつもこの危惧をどこかでいだいているのだ。眼のまえにおこる生々しい出来ごとにであいながら、その場で感じたことを〈考える〉とか、現実におこった事件について〈考える〉ことが〈考えること〉の主役だった時代は、過ぎてしまった。そうでなければ眼のまえにおこっている生々しい出来ごとでさえ、書物のように紙の上に間接に記録して、それを読んで出来ごとを了解しているのではないか。精緻に〈読む〉ことがそれだけでなにごとかであるような現在の哲学と批評の状況は、この事態を物語っている。このなにかの転倒は、すでに現在というおおきな事件の象徴だとおもえる。

《ある子供たちが、溜池に滑りこんで溺れかかっている遊び仲間の姿を眼の前にしながら、絵本のなかの出来ごとを読んでるみたいに、身体を動かして助ける仕方を知らず、茫んやりしていた。またさかさまにある子供たちが、公園にうずくまった浮浪者の姿をみて、じぶんたちが本のなかの登場人物であるかのように錯覚して、平然と身体を動かしてぶち殺してしまった。またある作家が、わが児が溺れかかっているのを眼のまえに、身体を動かさずに、異邦人の詩を口誦んでいる主人公の姿を、諷刺でも否定でもなく、とて

もきまじめに描いていた。これらの倒錯の必然はすでに現在のものだ。》

〈感ずること〉においてわたしたちの伝統はとおく深いが〈考えること〉においてわたしたちの起源はちかく浅い。古典近代の〈考えること〉の起源の時期に、デカルトは知的な資料の積み重ねを排し、先だつ思考をとおざけて「ただひとり闇の中を歩む者のようにゆっくりと行こう」（『方法序説』第二部）ともいきめた。〈考えること〉の範囲にはいってくるすべての事物は、おなじ仕方でつながっているから〈真〉でないものを避け、そのうえ演繹する〈順序〉さえ間違えなければ、どんなとおく隔たったものでも、かならず到達できるし、どんな隠されたものでもかならず発見できる。これがデカルトの確信だった。当然いちばん単純で、いちばん認識しやすいものが、デカルトの〈起源〉にやってきたのだが、そういうデカルト自身もまったくおなじ理由で〈考えること〉の〈起源〉になった。

現在は、すでに〈考えること〉のとおくまでやってきた。〈考えること〉は、単独でも、また〈考えること〉をしているときだけ、確かに存在しているようにみえる〈わたし〉とひと組みでも、もう存在しなくなってしまった。知的な資料をとりあつめ、先だつ思考などを〈読む〉ことで、その主題に同一化することだけが、起源にある〈考えること〉に対応している。この現状では〈わたし〉はただ積み重ねられた知的な資料と先だつ思考のなかに融けてしまって、すでに存在しないものにすぎない。そして〈考えること〉においてすでに存在しないものである以上〈感ずること〉でも、この世界の映像のスクリーンに融けてしまって、すでに存在しないものにすぎない。

わたしたちの〈考えること〉と〈感ずること〉のつきあたっている混乱、倒錯、稀薄など、総体的にいえば存在するものの映像化の奥行きにあるものは、これだ。

12　噂する　触れる　左翼する

噂を論理で色あげした判断は駄目だ。噂を発生させ、流布することで肥えふとった組織が駄目なのとおなじように。もともとふたつは同類なのだ。膨大で高度になった情報化装置を受けとるのに疲れた心は、理解しようとする力をなくして噂の海を泳ぎはじめる。一匹の知識ある魚をつかまえて噂を耳うちする。すると魚はきゅうに泳ぎ方をかえて、ぎこちなく意図的な身振りになる。すると魚は条件を欠落させ、どこにでも泳いで行けるような気になる。〈酒色に身をもち崩した〉という慣用句があるように〈噂に身をもち崩した〉思想というものはある。たくさんの知識ある魚たち、そのうしろにいるあの顔のない司祭が支配するシステム。知識が現在いちばん抗いえなくなっているのはそれだ。膨大で高度になった情報化装置それ自体は、機能的な有効さという以外の魔力などここにもっていない。また魔術を演ずる力があるはずがない。ただ便利だというだけだ。人間の頭脳の部分的な機械化であるこの装置は、幾何学的な形と神経繊維をむきだしにしたような配線の物体性で、わたしたちの情緒のやわらかい起源を威圧する。それはちょうど膨大な高層ビルの外観が、ちかよってなかにはいろうとするわたしたちを威圧し、気おくれを感じさせるのとおなじだ。内部には魔ものなどなにも住んでいないのに。顔のない司祭は、ほんとは架空の存在だ。だが架空の存在だということで、わたしたちの情緒のやわらかい起源を威圧しつづけている。情緒の起源を急襲されて死に瀕した知識ある魚たちの姿をよく視つめなくてはならない。眼を外らさないように。

左翼とはなにかということを、情緒の側面から数えあげる遊びをかんがえたことがある。なぜこんなことをしたくなったかというと、左翼だとひそかにあるいは公然とおもっている諸個人や政党や組織が、ほとんど現在にたいするただの反動としかおもえなくなったからだ。噂とけばけばしい泥絵具で、デマゴギーを塗りつけないと〈敵〉をつくれなくなったもの。神経症や病的な空想癖や病的な潔癖症、あの塵ひとつ落ちていると蕁麻疹ができるようなひ弱な、ただの文明の病気を、一義として売りにだしているもの。実体などはじめからいらないところで、階級、党派、解放、抑圧という語彙をもてあそんでいるために、現在すでに途方もない見当外れを演じているもの。神学の第三スターリニズムへの横滑り。解体の表象としてのテロリズムとエコロチズム、その野合。

そこで情緒からみた左翼の条件は、第一に、じぶんが手に触れ、確かめたことがない一切を疑うこと。はんたいに噂、じぶんが確かめたことがない一切の言表と、それを流布する者を拒絶すること。わたしの経験では噂と意図された情報に弱いことは、旧来は左翼の条件であった。そんなものは、現在はただの反動的な魚でしかない。第二に思想は無思想より下位にあることを心得ていること。いうまでもなく従来は、無思想を思想にまで高めると称したり、思想が無思想より上位にあるとかんがえたりしたものが、左翼と呼ばれていた。そんな時代も理念も、すでに現在によって超えられてしまった。なぜかというと、無思想な存在を嫌悪する者たちが、門のところに待ち構えて、篩い分けに従事したため、その門をはいったものは、無思想を嫌悪し、侮蔑し、虐殺することも辞さないくせに、無思想の解放を理念とする自己撞着の溜り場になってしまったからだ。破産し解体するのは当然なのだ。第三に天然自然よりもよい自然は可能で造れるとかんがえること。それが「自己意識」ある自然にまで、じぶんを転化生成させてきた人間という類の「自己意識」の内容をなしてきた認識だからだ。原生林が伐採されるというので、大木にしがみついて阻止している男たちが、つぎつぎ排除されている場面をテレビが放映したことがある。わたしはこれほど悲しい光景はないとおもって画像を視ていた。ひどいものだ。なにが？　もちろん排除している男たちでもなければ、原生林の大木にしがみついて伐採を阻止しようとしている男たちでもない。こういう光景を構成している要素の全体が、酸鼻をきわめているのだ。これが酸鼻と感じられない思想は遠慮などいらないから死ぬがいいのだ。

13　映像　現実　遊び

かつて共感呪術のはじめには、狩猟や穀物の収穫の模倣行為を予行すると、じっさい狩りや穫りいれの増収をもたらすと信じられていた。そして信じられたことはその通り実現された（じつは実現されなかったときのことは忘れられ、実現されたときのことだけがことさら大きな記憶になったのかもしれない）。現在、文明はまたぽつりぽつりあたらしい形の共感呪術を、現実化するようになった。わたしたちはしばしば、高層、中層ビルの密集地帯で、窓の外にみえる折り重なった墓標みたいなビルの群れを、これはまるで映像のなかの光景だと錯覚する瞬間がある。ほんとうはこのとき、わたしたちの内部にあるスクリーンに待望された光景が、窓の外の光景と共感しているのだ。もっとはっきりいえば、内部スクリーンに映っているのは、窓の外の実在のビルの折り重なった光景そのものなのだ。こうなればもう、わたしたちがビルの密集を廃墟として予望すれば、実在のビルの密集地は廃墟になり、映像のなかの幾何学的な宇宙都市を予望すれば、実在のビルの密集地は、宇宙都市になると信じられてくる。問題はわたしたちが廃墟の映像をもつか、宇宙都市の映像をもつか、また未知の驚きと理路を映像に与えられるかどうかなのだ。わたしたちのなかで映像が驚きはじめれば、実在の都市は驚きの空中路をつくりはじめ、映像が理路をもちはじめれば、実在の都市もまた、理路の地下道を走らせるにちがいない。

遊園地が、じぶんの敷地のなかに都市のビル街をもち、港湾を掘り、船を浮かべ、天然の入海を胎内に引きいれて、人々を遊ばせはじめた。遊んでいる人のなかに、起ることはなにか。それは心理の人形化だということは、体験的にすぐにわかる。心理の人形化の気分は、幼児のとき玩具を与えられて感じた親和感と異和感に帰着する。こころが縮尺されること、滑稽化したくなること、気分が軽く明朗になること、などが、この人形化の中身だ。幼児はそうなると背丈をちぢめ、派手な色彩の奇妙な衣服と帽子をかぶせられ、哀しみを忘れて遊んでいるじぶんの姿を幻想する。おなじことは都市の街区でも起りうる。ファッションビルがたち並び、アーケード街がつくられ、ガラス張りのレストランと、幽界のようなブティックが街路の両側をかぎっている。わたしたちは都市のその街区を歩く。するとなにが起るのか。体験的にすぐわかることだが、わたしたちの内部に、羞恥が走り、照れたあいまいな表情がうかび、そのはてには夢遊のなかの気分になる。このときわたしたちは、じぶんの人形化を拒んでいるのかもしれないし、人形化を拒むこころの状態をへて、人形化しつつあるじぶんを、光景に慣れさせているのかもしれない。

映像こそすべてだというように、映像の技術と技芸の全分野は、わたしたちに暗示しようとする。その暗示をうけて都市の街区はつぎつぎに密集地から映像化してゆく。しかし平野のなかの人工的な都市では、映像はぎゃくに廃墟だということが起りうる。映像の中身がではなく、映像の技術と技芸そのものがだ。わたしたちは、ある日ある地方の人工都市で、映像と映像の模写と言葉とがとびかうビルの内装の場所から、つれだってしずかな夜の外気のなかにでた。するといままで濃密にとびかっていた映像の技術と技芸の世界は、即座に廃墟のような記憶にかわり、やがてすぐに忘れてしまいたい気分が内部を蝕みはじめた。わたしたちはそのとき、超現実の夢遊状態のほかに、原現実（現実以前）の夢遊状態もあることを知った。わたしたちはその瞬間だけ、動物状態になっていたのだ。それは心理の人形化とはちがうことだとおもった。

精神の物象化と物象の精神化とが等価になった街区にいるとき、わたしたちは動物状態から高度な既視状態まで、自在に人工的に心理をつくれるようになっている。つまり環界の内在化と内在の環界化とを自在に操作できるようになった。農と狩猟と漁撈とが動物状態から高度な既視状態までの、どこかの階程に収納されたような都市を、人工的につくれることは、いうをまたないほど現在では確実なことだ。

わたしたちは都市の街区のなかで、映像と現実が交換される価値について、ちがいを無化してしまう作用について、不安で奇妙な、だが遊びのかたちの体験をさせられている。どれだけ支払ったらいいのか、それともどれだけ受けとったらいいのか。はっきりできないままサイフをおさえたように躊躇している。だがもしかすると、映像と現実の不分明、混合、熔融現象とみえているものは、情景のことではなく時間についての錯視かもしれないのだ。わたしたちの無意識は、現在の都市の街区から胎内の時間を再生することを強いられている。

14　意味　像　運命

生活のなかで出あう出来ごとの連鎖が、ひとつの系列をなしていて、その出来ごとのひとつひとつは偶然の出あいなのに、必然みたいにみえて仕方がないとき、わたしたちはその出来ごとの系列を運命と呼んでいいかもしれない。おなじようにひとつの文学作品のなかで、言葉の意味の流れが偶然に無意識の連鎖をつくっているのに、あたかも必然みたいに感じられるとすれば、それを作品の運命と呼ぶことができよう。そうだとすれば文学作品の運命は、生活のなかの運命とおなじに、大なり小なり物語をつくっていて、物語の起伏のなかにみつけだされるのだろうか？　たしかにそう言えないこともない。

だがふたつの運命はまるで違っているところがある。生活のなかでは運命は、皮膚のしわの刻み目の深さとか、家屋や道具のきずとか、顔の表情や色艶とか、せいぜいテリトリーの規模のおおきさなどによって可視的だ。そして可視的な部分以外は、運命それ自身によってしか覗きこむことができないほど暗くふかく、他者からはまったく不可視になっている。文学作品の運命はそうではない。それは可視的でも不可視でもないが、言葉の像《イメージ》によって喚起的だといえる。ひとびとが文学作品のなかにじぶんの運命をみようとしてもみえないし、それにもかかわらずじぶんの運命をみたい願望をふっきれないのは、文学作品が言葉の像によって、じぶんの運命を喚起してみせているからだ。それは意味によってでもなければ、生活の具象的な描写によってでもない。またモチーフと主題によってでもない。言葉の喚起する像によってだ。

言葉の像とはなにか。いま文学作品の運命に照らして三つに分類してみよう。第一は概念のごく近くにある像だ。意味的なものの強度はまだ鮮明で、像の方はぎゃくに曙の色のようにぼんやりしている。第二はそれと対照的に概念の方が遠くにあり、そのため意味は薄れた感じをあたえるが、像の強度は鮮明に反射してくる状態だ。そして第三の最後の言葉の像では、概念の方は、あたかも重力の場のように意識しなければそれですんでしまうほど微かな作用しかないが、像の方はちょうど事物の視覚像とほとんどおなじ強度をもっている。この状態で言葉の像はどんな振舞いをするのだろうか？

言葉の像は、あたかも言葉の像を鳥瞰している言葉の像という位置にあるように振舞い、したがって「第一」の言葉の像にたいして、それを統覚するかのようにはたらく。これがなにを意味するかははっきりしている。文学作品の運命が消滅するのだ。いいかえれば言葉の像が、死から照射されながらなお文学作品の運命をつくっているのだ。もしそれがまだ運命と呼べるならば、だ。凡庸なくせに利口ぶっている批評が死ぬのもその個所だ。

15　権力極層

権力は小から大にわたる、視えないものから視えるものにわたる、あるいは合意から不同意にわたる分布のことを意味する。けっして天からふってくる鋭い槍先でもなければ、漠然とした抑圧の重石でもない。むしろ合意を中央値とした さまざまな形の分布とみなした方がいいのだ。わたしはあなたに合意する。そう頷きあっている場所では、中央値にむかって近づこうとする無意識の矢印が働いている。習俗や慣行から理念の党派にいたるまで、すべてこのたぐいの合意の系列なのだといってよい。合意が平等に到達しようとする場合もあるじゃないかというかもしれぬが、そのばあいには合意は表面層と深層とにはっきりと分極して、平等は表面層の理念として北の極を指し、深層は不平等の理念として南の極を指すことになる。この二重性こそが、すべての権力のいちばん露骨な標識なのだ。権力は善でも悪でもない自然権的なものだとみなしてもよいはずなのに、善い権力と悪い権力にわけて倫理に結びつけられてしまう理由は、合意がふたつの極へ解離するのを避けられないからだ。わたしたちはしばしば表面層が善であり深層が悪であると言ってみたり、表面層は悪だが深層は善だと言ってみたりしている。だがその種のものはただ権力、その表象でしかない。つまらないとみなせばすべてつまらないもののなかに入ってしまう。

ところで現在、ほんとの意味で畏れなければならないものは、かならずといっていいほど、一見つまらない外観をもってあらわれる。タバコをすうのは善いか悪いか、イルカや鯨を食べるのは善いか悪いか、天然の緑が少なくなるのは善いことか悪いことか、等々。この種のことは、現在では細大もらさず数えあげられて、わたしたちに合意か不同意かを問いかけ、どちらかを択べと強要する。だがもともとこの種のものは二律背反を強いるような構造など、はじめからもっていないのだ。表面層が善であるばあいには深層が悪であり、表面層が悪であるばあいには深層が善であるような命題だというだけだ。ほんとに畏れなくてはならないのは、この種の命題がどれもこれも権力から暗示された主題の、現在におけるヴァリエーションにほかならないということだ。表面層の善悪をえらんでも深層の善悪をえらんでも、いずれか一方をえらぶかぎり権力の穽《わな》にはまりこんでしまうほかありえない。タバコをすうのも、イルカや鯨を食べるのも、天然の緑が少なくなるのも、すべて善でもなければ悪でもない。それは選択を強いるような本質を、はじめからもっていないのだ。それにもかかわらず、この種の一見つまらない命題は権力の問題でありうる。現在がそんな性格を強いているのだ。命題自体が表面層と深層をもち、そのうえふたつの極に分離する特徴をもつことを見極めるのは、権力を見抜くこととおなじだ。

なぜこの種の一見するとつまらない命題は、現在ふたつの極をもってあらわれ、そのために権力の問題でありうるのか。わたしたちの畏れがその理由を発見する。ひと口にいってしまえば、これらの命題には現在の緊急な主題と、たぶん人類の叡知が最後に解決すべき主題とがふたつとも含まれていて、それが同時に混融してあらわれている。これを緊急の層によって判断するのも、最後の永続的な主題として深層で判断するのも、錯誤に到達するよりほかない。わたしたちはまず、往きとして緊急な層を解明し、還りとして最後の永続的な層を解明して、ふたつの解明を同時に行使し、提出できなければ、かならず錯誤にみちびかれるといっていい。いつもその認識まで踏みこめないなら、きみは現在という命題をあきらめた方がいい。柄じゃないからだ。もともとひとびとを錯誤にみちびくのを動機とするのは、どんな名目をつけても権力いがいの何ものでもない。

16　指導 従属 不関《イナートネス》

いまでもわたしたちは、どこかにあり、どんなひとがそこにいて、どんなメカニズムで動いているのかわからない架空の装置から命令され、指導され、その声のままによかれあしかれ従属している部分と、そんな声など聞えもしないし、またまったく不関的《イナート》だという部分とに分割されている。この分割はひととひととを別れさせ、対立させ、隔絶させてることもあれば、ひとりのこころの内部で、自己矛盾や混乱や病的な振舞いをひきおこしてることもある。そしてどちらかの部分に歩みよってゆくか、どちらの部分にも行けないで、困惑したまま佇ちつくしているか、そのいずれかしかないようにみえる。

急を告げに疾走してきた天使たちの帰り道を、あとをつけてたどってゆけば、その眼にみえない架空の装置、そこから命令され、指導され、声がでてくるその装置に出遇えるだろうか。どうもそうはおもえない。もしかすると天使たち自身が、その装置があることも、その装置から声がでていることも、じぶんの振舞いがその声に左右されていることも知っていないかもしれぬ。現在では手段の分野が発達し、システム化しているので、意識化できる無意識はほとんどみんな意識化されてしまっている。どんなに力能をふるっても意識化できない無意識、それが指導の装置を組みあげているのだ、とおもえる。わたしたちは、天使たちが戸惑いの表情をみせはじめたところで、かれらを見捨てる。地平線はもっと向うにみえるのだが、そこへゆく道はそれほど分明にはたどれない。べつに天使が戸惑ったからではない。黄昏の気配だけが確かにあって、あたりをうす暗くしているからだ。わたしたちはたくさんの休息の方法と、無意味に振舞う仕方と、また無駄遣いの対象をさがして眼のまえにおく手段と、巨大な徒労の衝撃に耐える方法を、この世紀にかけてずっと学び、身につけてきた。いまあの地平線にたどりつく道を照らしだしてくれるのは、概していえば大文字の**無意味**を行使することだという気がする。

それ以外のやり方では、ひとつひとつの振舞いに**意味**という烙印がおされ、あの装置からの声の虜《とりこ》になる。いままで聞えなくて不関的《イナート》だったひとまで、声が聞えるようになり、はじめての稚拙な音階でその声を復唱したりしはじめる。そもそも生活に飽満した途端に窮乏の歌を好みはじめるというのは一面の真理ではあるが、そんな倒錯した心理があの装置をうみだし、装置の声を聞えるようにし、わたしたちを指導部へ案内しはじめたのではないか。この倒錯の案内はコピイのコトバでいえば「天使は地獄へ案内する」だ。

わたしたちはわたしたちの影を踏んで歩く。それは以前から歩行がたくさんの岐路にたったあとでやった方法だ。それに頼らざるをえないだろう。それはそれでいいのだが、自戒はいつもつきまとう。もう地平線の薄明にとりついたとおもったのに、ほんとはつぎの巨大都市の膨大な建物たちのシルエットにすぎなかった、そんなことはありうるのだ。でも徒労とみえる歩行が信じられるのは、地平線がみえること、それから徒労の影も天使の影も見捨てて、確かに歩いてきたからだ。

あとがき

この断片集は、言ってみれば生命が現在と出あう境界の周辺をめぐって分析をすすめている。そしてこのばあい境界を出あいの場にしているのは言葉だとみなされている。生命が現在と出あうという言い方はあまり耳なれないものだ。わたし自身にも耳なれないといってよい。しかしこの概念はわたしが好んでつくりあげたわけではなく、現在流布されているある種の理念が、生命という概念を内面性という概念に代えてとりあげる場所を提供していて、この理念に言及しようとすると、どうしても生命が現在と出あうという言い方をとることになってしまう。もちろんこういう他動的な理由のほかにもべつの理由をあげることができる。生命という言葉は、なによりも生体の代謝活動を表象しているのだが、この代謝活動もまた現在では内面性の活動の範囲に入れないと、精神活動のひろがりをとりこむことができないとみなされている。いいかえれば永続と死とを象徴的な特徴とする生命の活動もまた、精神の活動だとしなければ、わたしたちが現在ぶつかっている多様な事柄をおおいつくすことができないと、わたしにはおもえる。そして生命の活動を精神のはたらきとして包括できる緒口《いとぐち》は、言葉の概念のなかに含まれているという考え方が、ここでの考察をすすめる原動機になった。ほんとうをいうと、わたしを悩ませたモチーフはもうひとつ派生していた。言葉の概念と言葉が喚びおこす像《イメージ》とのあいだにはどんな関係があり、それがどう根拠づけられるかということだ。この問題は言葉の像《イメージ》と現在いたるところでぶつかる高次な映像の関係ということからも、この稿で切実になっていた。わたしがうまくこれらの問題をさばいているかどうかは別として、これらが錯綜している場所と時間が、現在ということになるに違いない。そのあたりまでは、この断片集の触手はとどいているとおもう。この断片集は最初の布石にすぎないが、さらに折をみつけてこの考察を続けようとおもう。この断片集をひとまとめにするのに手数をわずらわせたのは、『文藝』編集部、髙木有、樋口良澄の両氏とその他河出書房新社の方々であり、あとがきをかりてお礼を申上げる。

一九八九年三月三十一日

吉本隆明

V 十七歳／わたしの本はすぐに終る

十七歳

きょう
言葉がとめどなく溢れた

そんなはずはない
この生涯にわが歩行は吃りつづけ
思いはとどこおって溜りはじめ
とうとう胸のあたりまで水位があがってしまった

きょう
言葉がとめどなく溢れた
十七歳のぼくが
ぼくに会いにやってきて

矢のように胸の堰を壊しはじめた

わたしの本はすぐに終る

顔もわからない読者よ
わたしの本はすぐに終る　本を出たら
まっすぐ路があるはずだ
埃っぽい日がな一日かけても　おわりまで着かない
しまいは蟻の行列のように
あちらからも　こちらからも
あつまってきた一隊で
くたびれはてた活字のように
また一冊の本ができそうだ
とにかく本を出たら
まっすぐ路があるはずだ

善の空をよけ　悪の風をよけ　魔の旅宿《ホテル》をよけ
魅せられるはずの愉しみには
触れないようにして
できるなら一度も顔をあげずに
うつむき加減に歩いて
後ろ姿からちいさくなって
しまいは影のように
得体のしれないかたちになって
うごめいた群れに消える

最初の病人に出あった
黒い僧侶の服を着ている
ポケットからメモをとりだして読んだ
「はやく死のうとばかり修練してきた
すこしでものびのびになると、
死にたいあまり　胸がつぶれ
わびしくなる」

なおも本を出たら
まっすぐ路があるはずだ
それから最初の角を曲がる

子どものときは
こちらから会いたいとおもった
親密な人たち　物たち　木枯の夜なか
目が覚めると通りすぎていった
魔のような気配
みんな散ってしまった
色づいた木の葉のように
あるいは角を曲ってしまった
隠れんぼの影のように

顔もわからない読者よ
わたしの本はすぐに終る
本を出たら

まっすぐ路があるはずだ
大人になっては
こちらから会いたくはなかった
十二月の氷雨のように
膝頭をつめたくしながら
墓石を洗っている老いや死に
ふりかかる公孫樹の黄葉は
こがね色に敷かれた
わたしよりさきにわたしの死になって
墓参の縁者を出迎える
乏しさだけからできた永遠よ
いつも墓石へゆく路を忘れた
やっとたどりつくために
老いた役僧のあとについて
忘れたことの罪の感じを
呑みこみながら死者に会う
遠い距りだ

まえはそうでなかった
家のなかに仏前が浮んで　そこまで視えない線がひかれている
いつでも日どりさえきまれば
いっしょに西方億土にたどりつける
祖父がちいさなわたしを
膝のあいだにのせて語ってた
わたしも発憤する
川向うの寺院のちかくまで
祖父を出迎えにいった
死者のくにには近いけれど遠く
祖父も還り路だけ迷った
魅惑するのはなに？
魅惑する日はいつ？
魅惑するところはどこ？
父の実は乳汁《ちち》
母の葉ははき
注意が祈りにならぬうち

つぎの病人に出あった
黒い僧侶の服を着ている
ポケットからメモをとりだして読んだ
「竹原のような聖《セイント》がよい
遠山の紅葉　野辺の一本の樹には
ひかりがあつまりやすいから」
わたしの本はすぐに終る
本を出たら
まっすぐ路があるはずだ
わたしたちは誰も
ゆくか　かえるかしか
できない
鳥たちの水のなかの群れ
うつる雲　ゆく風　枯れて折れた蓮の葉
みんなとり巻かれた景物だ
とまったままいられるのは
植物のような幸いだけ

温みと凍み
ふたつのあいだを季節ごと
移るだけでいいのは
鳥たちのような幸いだけ
わたしたちは誰も
動く病気だ
とまるとき　不安がなければ
それは死のとき
まだ快楽にひたりきらないうち
もう夜明けがやってきて
旅宿《ホテル》を追いたてられてしまう旅
そして死は不満のようにそれて
言葉の旗に出迎えられる
わたしの本はすぐに終る　本を出たら
まっすぐ路があるはずだ
どこへゆくのだろう

よくわからなかった
子どものときの夢では
たしかに歩いているわたしの姿があって
間違いなさそうにしていた
つぎの病人にも出あった
黒い僧侶の服を着ている
ポケットからメモをとりだして読んだ
「為《し》ようか、それとも為《し》まいか
そうおもえることは
たいてい為《し》ない方がいい」
ああ　蟻のような活字の一隊よ
神がいるかどうか並んでみたか
エロスはぬるい海かどうか
さきを争ってかれらはこたえたか
一冊の本ができるまでに
それだけはおわっていなくては

本はどんな本も
終りのない印刻のレールだ
活字たちはみんな意味を惜しがり
逸脱をこわがっている
顔のわからない読者よ　眼をあげて
金属色の魂をなげ捨てろ
その現場は見られないように
昨日の凍えた雨が閉めきった窓を
空の青にむかってひらく
本が終るたびに繰り返された
本には魂がのこされていない

わたしの本はすぐに終る
本を出たら
まっすぐ路があるはずだ
もう一人の病人に出あった
黒い僧侶の服を着ている

ポケットからメモをとりだして読んだ
「すべて聖《セイント》は
悪く言われるほどいいのだ」
わたしはその人を知らない
その時刻もない　場所もまた
だんだんと不品行の街に入っていく
魅惑の路には
夜明け色の蜜が流れている　街はずれ
海の寄せ場には　子どもの好きな
秘密の場所があった
いちばん仲のよかったハゼや穴子《あなご》
てぐすの糸がひと筋あれば
内密の会話がはずんだ
巨きな遊歴の途次だとひそかに告げた
あの魚たちだけには
どこまで　どこへゆくのだろう
あおじろい恐怖がつきまとう

魚たちから　信号があったら
あの場所に帰らなくてはならない

佃渡しで

著者に代わって読者へ

ハルノ宵子

「佃渡しで娘がいつた」

ハイ、言いましたとも。私はこの日の光景をありありと覚えているのだ。そんなのは、詩を読んだり情報が入ってからの、記憶の後付けだろう——と、思われるかもしれないが、本当だ。

船着場のコンクリートの岸壁から水中をのぞくと、1m以上下まで、カキがへばりついているのが見えた。この頃高度成長期のまっただ中で、隅田川の水は灰色に汚染されていたが、佃辺りは汽水域だ。潮目によっては、透明度が上がるのだろう。

当時は上野の仲御徒町に住んでいた。タクシーに乗ると、10分足らずで浅草に着く。毎週のように、花やしきや新世界に、遊びに連れられて来る街だ。吾妻橋のたもとから船に乗る。灰色のビルや倉庫の背中を見ながら、大きな橋をいくつもくぐり、20分も走ると、船着場に着く。そしてまたすぐに、小さな船に乗り換える。5分程で広い河を渡ると、何もない桟橋に着く。赤い欄干の橋や舟だまりのある不思議な街を抜け、低い軒下のこちゃこちゃとした路地を歩くと、〝西仲のおばちゃん〟の家に着く。

おばちゃんは、月島でひとり住まいをしていた。どうやら祖父の妹（父の叔母）だったらしい。父は月イチペースで通っていた。おそらく父は、様子見がてら、いくらかのお金を渡していたのだと思う。私はよく、お供に連れて行かれた。父1人では、どうにも照れくさく気づまりだが、子供がいれば「まぁ、大きくなったねえ」などと、間がもつからだろう。つまりワンコのような役割りだ。

滞在はいつも、10分足らずだった。帰りの小さな船は、行きとは違う船着場に着く。そこからタクシーで5分も走ると、何でか銀座に着く。これもまた、よく両親に買い物や食事に連れて来られる街だ（そこで何か食べて帰ろうというのが、父のハラだったと思うが）。

不思議だった。いつもそれぞれタクシーや地下鉄で行く浅草と銀座、全部が船で繋がってるなんて、東京ってどうなってるんだろう――と、幼なくも瑞々しい感慨にひたっていた時、父はこんな感傷に、ふけってやがったのか――と、後にこの詩を読んだ時に思った。

父の詩は分かりづらい。人が理解しようがしまいがおかまいなしに、ことばを事象をゴンゴンと積み上げていく。共有できなければ、叙情でもなく叙事でもない、抽象的な言葉の羅列だ。だが3割程がうまくハマる（私の場合はね）。刺さる人は、全面的にブッ刺さるのだろう。（他の文章と同様）実に不親切なのだ。だから何ひとつ訳分からなくても、決して悲観しないでください。

その中でも「佃渡しで」が、名詩と言われるのは、まず平易で具体的な事象であること。そして万人が共有できる感覚であるということだろう。

誰にだってあるはずだ。行けばいつだってそこにあるけれど、決して入ることのできない遠い街が。

それは生まれ育った故郷かもしれないし、学生時代を過ごした街かもしれない。隣町なのに、毎日電車で通過するのに、二度と戻れない街がある。またいつだって帰ればいいさと、ふと1歩踏み出しただけなのに、振り返ると自分は、ぐんぐんぐん大きくなっていて、ドローンから見下ろすように、すべてが俯瞰できるのに、どこにも着地できる場所はない。それは万人が、共有できる想いなのだと思う。

誰もがいつしか〝佃渡し〟を渡ってきてしまったのだ。

そして、ぼくは、吉本隆明の詩を読んだ

解説　高橋源一郎

1

何度もあのときのことを書いた。でも仕方ない。もしかしたら、すべてはあのときに始まったのかもしれないのだから。

ぼくが入った（正確に言うと「転校」した）中学は、有名な進学校だった。そこの中学生たちは勉強もよく出来たが、文化的にもきわめて早熟で、最前線の、新しい映画、新しい音楽、新しい文学を知っていた。1963年のことだった。ぼくは中学1年生だった。しばらくすると、こんな会話が聞こえてきた。

「オオエの新作が出たね」

「なかなか良かったよ」

　そんな話をみんながしていた。なんのことだかまるでわからなかった。しばらくして、それは「大江健三郎」という作家の『個人的な体験』という話題になった小説だとわかった。そして、そういう小説を読まなくてはいけないのだと思った。

「アベコウボウの方がいいよ」というやつもいた。

「オオエよりもずっと」

　さっそくメモをとって本屋に出かけた。すると「アベコウボウ」というのは「安部公房」という作家のことで、『他人の顔』という小説が出たばかりだとわかった。だからさっそく買ってみたが、ちょっとエッチなことを書いているということ以外にはなにもわからなかった。そして、ほんとうにすごい小説は「オオエ」や「アベコウボウ」ではなく「ハニヤユタカ」という人が書いているものらしかった。それは延々と書かれ、いつ完成するかもわからないものだった。

　映画なら「ゴダール」という名前の監督の作品がいいらしかった。音楽ならまずジャズを聴くべきで、中でも「コルトレーン」や「アーチー・シェップ」が最高で「マイルスは古い」らしかった。クラシックも聴かねばならなくて、しかも「現代音楽」の方がいいらしかった。ぼくは、このときもメモをとって、「ピエール・ブーレーズ」という作曲家の「ル・マルトー・サン・メートル（どうやら「主のない槌」という意味らしかった）」というタイトルのレコードを買って聴いてみた。死ぬほど退屈だった。

哲学者のサルトルがノーベル賞の受賞を辞退したとき、やはり、みんなは「サルトルよりカミュだよね」といった。「『存在と無』なんか読んでも仕方ない、やっぱりハイデッガーの『存在と時間』を読まなきゃ」とも。そして、どうやら、その「ハイ」なんとかいう哲学者の『存在となんとか』という本は出たばかりらしかった。だから、やはり慌てて、ぼくは本屋に行き、このふたりの書いた『存在』という名前のついた哲学書を買って読んでみた……正確にいうと、本のページを開けてみた。一行も理解できなかった。

そう、この頃、ぼくは、極端にいうなら、この「一行も理解できなかった」にしょっちゅうぶつかっていた。音楽なら「一音も耳に入らなかった」し、映画なら「一画面も意味がわからなかった」。

けれども、そういうものだと思っていた。

なにが？

わかってはいけなかったのだ。わかりやすいものはダメなのだ。そのことだけはわかっていた。おそらく、ぼくの周りにいた同級生たちは、他の若者より少しおとなびていたけれど、本質的に変わらなかった。そして、若者たちの多くは、「わかる」ものを嫌悪していた。「わかりやすい」のは、社会や世界に妥協しているからだった。そして、若者とは、そんな世界に反抗するべきだったからだ。

そんなぼくたちにとって、いちばん重要なものは「詩」だった。「詩」こそが、ぼくたちを慰撫し、ぼくたちを懐柔し、そして、ぼくたちを駄目にし、奴隷にしようとする社会や世界に対して反抗する術を教えてくれるものなのだ。だから、ぼくたちは、というか、ぼくたちの周りの者たちはみんな、「詩」を読んだ。それは「現代詩」というもので、ぼくが知っているような、島崎藤村や宮沢賢治の詩ではなく、遥かに難しいけれど、それを読むことはぼくたちの義務でもあったのだ。

たとえば、ぼくは、こんな詩を読んだ。

「海べにうまれた愚かな思想　なんでもない花
おれたちは流れにさからって進撃する
蛙よ　勇ましく鳴くときがきた
頭蓋の窪地に緑の野砲をひっぱりあげろ」（谷川雁「おれは砲兵」より）

ぼくたちは、こういう詩を読まねばならないのだ。意味はわからなかった。わからなくても良かった。でも、ほんの少し心配だった。他の者たちには黙っていたけれど。わからなくてもいいのかな、ほんとうに。

2

あるとき（たぶん中学2年の終わり頃に）、ぼくは友人のNとうどん屋（そば屋というべきなのかもしれないが）にいた。外は暗くて、店の中も寒かった。たぶん冬だった。学校の帰り、ぼくたちはまっすぐ家には戻らず、一杯のコーヒーでいつまでも粘れる喫茶店や、うどんかそばを一杯頼めば、しばらく座っていられる、そんな店にしょっちゅう行っていた。

場所はどこでも良かったのだ。ぼくたちは受験校の生徒で、一流大学に進学するはずだった。そのことにどんな意味があるのかはよくわからなかったが、それ以外の道筋は考えられなかった。前に見える道を真っ直ぐ進んでゆくだけだった。もしかしたら、難しい本を読み、難しい音楽を聴き、難しい映画を見るのは、そして、それらについて難しいことばで議論のようなものを交わすのは、そんな現実を見たくないからなのかもしれなかった。ぼくたちは「みちくさ」をしたかったのだ。ぼくたちは、いつか「社会の王道」を歩くことになるのだ。それがどんなにイヤだとしても。だから、すべては、その日から目をそむけるためにしていることなのだ。もちろん、そんなことを直接考えていたわけではなかった。エラい作家たちのことばをがむしゃらに吸収しようとしていたが、そんな自分たちの内側について語ることばを、ぼくたちはまだ持ってはいなかった。そんなある日のことだった。

いま思えば、ぼくは14歳だった。そのとき、ぼくは人生の岐路に立っていたのだ。おそらく人生でいちばん感受性が柔らかで繊細な頃。なのに、世界についてほとんどなにも知らない頃。ぼくはただ待っていたのだ。なにかがやって来るのを。

食べ終わってずいぶん時間がたっていたので、残ったつゆもすっかり冷えていたと思う。他に客はいなかった。もともと、あまり客のいない店だったのだ。ほんとうは店を出て、家に戻りたかった。もっとも戻ったとして、特にやりたいことがあったわけではなかったけれど。

Nが突然、鞄から一冊の本を取り出した。小さな本だった。それがなにかは知っていた。ぼくはまだ買っていなかったが、友人のTもSも買っていたからだ。それは、読まねばならない本のうちの一冊だった。そして、そんな本はたくさんあったのだ。

ぼくにはなにもいわず、ぼくの目を見ることなく、Nは、その本の頁を開いた。そして、静かに朗読しはじめた。

「異数の世界へおりてゆく　かれは名残り
をしげである
のこされた世界の少女と
ささいな生活の秘密をわかちあはなかつたこと
なほ欲望のひとかけらが
ゆたかなパンの香りや　他人の
へりくだつた敬礼
にかはるときの快感をしらなかつたことに

けれど
その世界と世界との袂れは
簡単だつた　くらい魂が焼けただれた
首都の瓦礫のうへで支配者にむかつて
いやいやをし
ぼろぼろな戦災少年が
すばやくかれの財布をかすめとつて逃げた

そのときかれの世界もかすめとられたのである
無関係にうちたてられたビルディングと
ビルディングのあひだ
をあみめのやうにわたる風も　たのしげな
群衆　そのなかのあかるい少女
も　かれの
こころを掻き鳴らすことはできない
生きた肉体　ふりそそぐやうな愛撫
もかれの魂を決定することができない
生きる理由をなくしたとき
生き　死にちかく
死ぬ理由をもとめてえられない
かれのこころは
いちはやく異数の世界へおりていつたが
かれの肉体は　十年
派手な群衆のなかを歩いたのである

秘事にかこまれて胸を
ながれるのはなしとげられないかもしれないゆめ
飢えてうらうちのない情事
消されてゆく愛
かれは紙のうへに書かれるものを耻ぢてのち
未来へ出で立つ」

Nの朗読が終わった。ぼくは黙っていた。Nも黙ってうつむいていた。ぼくにはわかっていた。ぼくはもう、その朗読を聞く以前のぼくではなかった。気がつけば、決定的なにかが起こり、終わっていた。

感動したのだろうか。確かに、ぼくは感動していた。おそらくは、生まれてから初めてといっていいほど。けれども、それは「感動」ということばにふさわしいことがらではなかった。

だが、わかったことがあった。そこで朗読されていた詩に登場する「かれ」、ぼくの知らない「かれ」、おそらくは、著者とよく似た顔つきをした「かれ」が、いつの間にか「ぼく」の顔つきをしているようにも思えたのだ。それは不思議なことだった。最後に

「かれは紙のうへに書かれるものを恥ぢてのち　未来へ出で立つ」という声が聞こえたとき、ぼくもまたいつかそうするだろう、と思った。それは間違いないことに思えた。

それまで、ぼくが読んできたすべての本のすべての登場人物は「他人」だった。けれども、生まれて初めて、「他人」とはいえない誰かが、目の前に現れた。もちろん、それは、ぼくではない。ぼくであるはずがない。けれども、その「かれ」は、どうしても「他人」とは思えなかったのである。

そのような力が「詩」に、あるいは「文学」にあることをぼくは知った。いや「知った」のではない、そのようなことが「起こった」のである。

また、そのとき、ぼくには「わかる」ことの意味がわかった。もちろん、そこに書かれていることの大半は14歳の少年にすぎないぼくの理解を超えたことばかりだった。その著者の経験のほとんどをぼくは知らなかった。それにもかかわらず、そこで書かれていることの大半が「わからない」ことであるにもかかわらず、「詩」を「理解」することはできるのだ。そのことがぼくにはわかった。

なにかが「わかる」とは、そういうことなのだ。

知識として、情報として、意味として「わかる」のではない。そんなことは「わかる」ことのほんの一部に過ぎない。いや、もしかしたら、不要なのかもしれない。

「詩」の世界で、「文学」の世界で、おそらくは人間の表現の世界で、「わかる」とは、ただ打ちのめされることだったのだ。

ぼくは「少女」を知らなかった。けれども、その「詩」の中の「少女」は「わかる」気がした。

あるとき、ぼくの「こころ」も「異数の世界へおりていった」のだ。そのことは誰にも秘密だった。それを隠してぼくは生きてきた。けれども、この著者は知っていたのだ。

この「詩」が朗読される前、ぼくは「詩」というものがまるでわからない、と思っていた。けれども、朗読された後、「詩」は、ぼくにとって生きてゆくために必要なものになっていたのである。

3

ぼくは、吉本隆明という詩人の「詩」との出会いについて書いた。だから、この文章は、申し訳ないが、「解説」ではない。けれども、吉本隆明という詩人の「詩」について、ぼくはこんなふうに書くことしかできないのだ。

この本には、この国の激動の時代を、長い期間にわたって生き、そして、ことばによる表現の多くの分野で、多くのものを書いた、吉本隆明という人の詩がおさめられている。

おそらく年譜を見ればわかるように、吉本隆明という人は、きわめて若い頃から、詩を書いてきた。その最初期の詩は、別の本におさめられているはずである。

この本におさめられているのは、吉本隆明が、強い影響力を与えるようになった時代以降に書かれたものだ。その、ほぼ最初の頃に、ぼくが引用した「異数の世界へおりてゆく」が書かれた。


「詩」を読むということは、ぼくが、吉本隆明の「詩」を読んだように読むことだと思っている。もちろん、それは幸せな出会いだった。あらゆる読者は、そんな幸せな出会いに恵まれるべきなのだ。

もちろん、どんな「詩」が、あなたたち読者にとって、そんな出会いをもたらすのかはわからない。この本におさめられた「詩」が、そうであるならいいなと思う。そして、その可能性は高いのではないか、とも。

吉本隆明という人の詩は少しずつ変わっていった。おそらくはあらゆる詩人がそうであるように、あるいは、あらゆる表現者たちがそうであるように、彼らは、少しずつ場所を移動してゆく。

なにかをなしとげても、そこで終わりなのではない。もっと別のなにかを求めて、彼らは旅立つのである。ぼくたちはみんなそうなのかもしれない。

この詩集の、すなわち、吉本隆明という人の書いた詩のほぼ終わりの場所に、「十七歳」という詩が置かれている。

不思議なことに、ぼくは、この詩を読むたびに、14歳のあの頃に、ぼくの耳に初めて、「詩」のことばが流れこんだときに、戻るような気がするのである。

もしかしたら、ぼくたち人間はみんな、旅をしつづけ、やがて故郷のような場所に戻るのかもしれない。そんな気がする。ぼくの旅も、もうそれほど長くはつづかないだろう。けれども、たどり着く先には、懐かしいなにかがあるのかもしれない。行ってみなければわからないのだが。それは、こんな「詩」だ。もちろん、この本におさめられている。さっきもう読んだという読者もいるかもしれない。それでもいい。最後に、この「詩」を「朗読」してみたい。あなたたちのために、である。

「十七歳

きょう
言葉がとめどなく溢れた

そんなはずはない
この生涯にわが歩行は吃りつづけ
思いはとどこおって溜りはじめ
とうとう胸のあたりまで水位があがってしまった

きょう
言葉がとめどなく溢れた
十七歳のぼくが
ぼくに会いにやってきて
矢のように胸の堰を壊しはじめた」

年譜

吉本隆明

一九二四年（大正一三年）

一一月二五日、父・順太郎、母・エミの三男として東京市京橋区月島（現・東京都中央区月島）に出生。一家は熊本県天草で造船業・海運業を営んでいたが、第一次大戦後の大正期の恐慌で苦境にたたされ、事業に失敗してこの年の春上京。隆明は母の胎内にあった（のち弟、妹が生まれ兄弟は六人）。一九二八年ころまでに、同区新佃島西町（現・佃二丁目）に転居。小学校入学までに、家業の造船所が月島に再建され、また貸しボート屋も経営。

一九三一年（昭和六年）　七歳

四月、佃島尋常小学校に入学。

一九三四年（昭和九年）　一〇歳

この年の春から深川区（現・江東区）門前仲町にある今氏乙治の学習塾「青空塾」に通う。後年、この私塾体験は生涯の「黄金時代」と回想。詩人の北村太郎・田村隆一も通っていた。

一九三七年（昭和一二年）　一三歳

四月、東京府立化学工業学校に入学。

一九四〇年（昭和一五年）　一六歳

「このころ幼稚な詩作をはじめた」（自筆年譜）。『昆虫記』に「恐ろしい感動」を覚え、同じ私塾に通う女生徒への恋愛感情を経験。

一九四一年（昭和一六年）　一七歳

同期生と校内誌「和楽路《わらじ》」を発行、随想、

詩、小説を発表し始める。一一月ごろ一家は葛飾区上千葉（現・お花茶屋二丁目）へ転居。一二月、太平洋戦争勃発。東京府立化学工業学校を繰上げ卒業。

一九四二年（昭和一七年）一八歳

四月、米沢高等工業学校（現・山形大学工学部）応用化学科に成績首位で入学。繰上げ卒業までの二年五ヵ月間、学寮生活を送る。

一九四三年（昭和一八年）一九歳

「この土地では書物が間接の師」として、宮沢賢治・高村光太郎・小林秀雄・横光利一・太宰治・保田與重郎の作品に親しむ。特に賢治に傾倒し「雨ニモマケズ」の詩を紙に墨書し寮の自室天井に貼って眺める。一一月、花巻に賢治ゆかりの人たちや詩碑を訪ねる。初の詩稿集「呼子と北風」に入る詩篇を作る。

一九四四年（昭和一九年）二〇歳

五月、初の詩集『草莽』を私家版発行。九月、米沢工業専門学校（四月に校名改称）を繰上げ卒業。一〇月、東京工業大学電気化学科に面接試験を受け入学。戦時中で学業にうちこむ雰囲気になく、勤労奉仕のため自ら「単独の学徒動員」として航空機用潤滑油を作るミヨシ化学興業の研究試験室に赴く（翌年三月まで）。その合間に山形県西村山郡左沢町（現・大江町）に出向いて徴兵検査を受ける（甲種合格）。

一九四五年（昭和二〇年）二一歳

三月、東京大空襲で学習塾の教師・今氏乙治一家が戦災死。五月ごろ、勤労動員で魚津市の日本カーバイト工場に行く。八月、「終戦の詔勅」放送を工場の広場で聞く。帰京後、大学で遠山啓《ひらく》助教授の自主講座「量子論の数学的基礎」を聴講し衝撃を受ける。この年、書き継いできた「宮沢賢治論」が五〇〇枚になる。

一九四六年（昭和二一年）二二歳

七月、詩稿集「詩稿Ⅳ」など多数の詩を書

く。一一月、詩誌「時禱」を荒井文雄と創刊。一二月、「大岡山文學」に散文詩「異神」ほか詩篇を発表。この年に遭遇した『新約聖書』は「恐ろしい精神的な大事件」とのちに述懐。また『国訳大蔵経』や古典を購入して耽読する。翌年にかけて少年期からの精神の軌跡を手記ふうに描いた「エリアンの手記と詩」を書く。

一九四七年（昭和二二年）二三歳

五月、太宰治の戯曲「春の枯葉」を演出し学内で上演。太宰の了解を得るため三鷹の家を訪問している。七月、同期生と文芸誌「季節」を創刊し「歎異鈔に就いて」や詩を発表。九月、東京工大を繰上げ卒業。戦後の混乱期で職がなく、石鹸を作る町工場や鍍金《めっき》工場などを転々とする。

一九四八年（昭和二三年）二四歳

一月、姉・政枝死去。三月、「姉の死など」を外部雑誌に初めて寄稿。職探しや町工場での過酷な労働に追われながらほぼ一日一篇の詩を作る。四月、この月までに詩稿集「詩稿X」の一〇六篇を詩作。一〇月、大阪の詩誌「詩文化」に詩や論考を発表し始める。

一九四九年（昭和二四年）二五歳

一月、詩誌「聖家族」を青山孝志・諏訪優らと創刊。三月、東京工大の特別研究生の試験を受け無機化学研究室に入る。八月、「ラムボオ若くはカール・マルクスの方法に就ての諸註」を発表。このころ古典経済学や『資本論』、西洋古典文学を耽読。論考「詩と科学との問題」や初期代表詩「夕の死者」「エリアンの詩」などを書く。

一九五〇年（昭和二五年）二六歳

三～四月にかけて思想的原型が凝縮された断簡四五篇の独語集「覚書Ⅰ」「箴言Ⅰ」、翌々年までに「箴言Ⅱ」を書く。八月以降は「日時計篇Ⅰ」の詩作に没頭する。一一月、「現代詩における感性と現実の秩序」を発表。

一九五一年（昭和二六年）　二七歳
三月、東京工大の特別研究生一期二年の課程を修了し研究室を去る。四月、東洋インキ製造に入社。葛飾区青戸工場研究室に勤務。この年、「日時計篇Ⅱ」の詩を書く（「日時計篇」ⅠⅡの総数が五二八篇で一日一篇以上の詩作となる）。

一九五二年（昭和二七年）　二八歳
六月、論考「アラゴンへの一視点」を発表。八月、詩と批評における転機点となる第二詩集『固有時との対話』を私家版発行。この年、「火の秋の物語」「ちひさな群への挨拶」など詩集『転位のための十篇』に収録される多数の詩を書く。

一九五三年（昭和二八年）　二九歳
三月、青戸工場労組組合長と同社五労組連合会会長に就任。九月、第三詩集『転位のための十篇』を私家版発行。この詩集以後、「その心情のなかにあった論理を唯一絶対の武器として」（鮎川信夫）批評活動に入る。年末、労組の賃金闘争に敗れ組合役員を辞任。

一九五四年（昭和二九年）　三〇歳
一月、年明け早々に配置転換命令を受け「一人だけの企画課」に配属される。翌週、東京工大への派遣研究員を命じられる。二月、第一回荒地詩人賞受賞。年刊誌「荒地詩集」の同人になる。三月、「日本の現代詩史論をどうかくか」を発表。六月、奥野健男らと「現代評論」の創刊同人となり吉本思想の原型的な核心が秘められた「反逆の倫理―マチウ書試論」発表。一二月、文京区千駄木に家族から離れ独り住まいになる（以降、一九六七年までに都内を六回転居）。

一九五五年（昭和三〇年）　三一歳
六月、東京工大への派遣研究員から本社への再配属の辞令が出るが断って退職。科学技術者の道を「自ら永久に閉ざす」。この年、「高村光太郎ノート」や「前世代の詩人たち」の論考で文学者の戦争責任追及の口火をきる。

一九五六年（昭和三一年）　三二歳

一月、「回復するあてのない失職」で鮎川信夫の翻訳の下訳やスマートボールなどで食いつなぐ。既婚の荒井和子と出逢って三角関係となり「ほとんど進退きわまる」。二月、「新日本文學」の連続映画合評を花田清輝ほかと五回行なう。七月、和子と同棲（翌年五月入籍結婚）。八月、遠山啓の紹介で特許事務所に就職し一九六九年まで隔日勤務。花田清輝・岡本潤との鼎談「芸術運動の今日的課題」で花田と応酬があり「花田・吉本論争」の発端となる。九月、第一評論集『文学者の戦争責任』（武井昭夫と共著）刊。この年の論考に「民主主義文学者の謬見」「現代詩の問題」「現代詩批評の問題」などがある。

一九五七年（昭和三二年）　三三歳

一月、戦争責任への問題提起をする一方、詩作とともに詩論・詩人論に傾注。「現代詩の発展のために」に続き、二月には鮎川信夫の詩業に敬意を表した「鮎川信夫論」発表。五〜八月号の「短歌研究」誌上で岡井隆と論争し詩人と歌人の「定型論争」として注目される。七月、代表的著作となる『高村光太郎』刊。一二月、長女・多子《さわこ》（筆名・ハルノ宵子）誕生。この年の論考に「戦後文学は何処へ行ったか」「日本現代詩論争史」など。

一九五八年（昭和三三年）　三四歳

一月、第四詩集の『吉本隆明詩集』（書肆ユリイカ版）刊。一二月、「現代批評」を井上光晴、奥野健男らと創刊し「転向論」を発表。この年の論考に、「「四季」派の本質」「芸術的抵抗と挫折」「芥川龍之介の死」「明治大正の詩」「転向と戦後文学の主体性」などがある。

一九五九年（昭和三四年）　三五歳

一月、花田清輝の吉本批判を契機に「花田・吉本論争」始まる。二月、評論集『芸術的抵抗と挫折』刊。五月、「戦後詩史」の連載開始。六月、詩論集『抒情の論理』刊。一〇月、『現代詩全集』に「吉本隆明集」が収録される。一一月、「社会主義リアリズム論批判」などで独自の芸術表現論構築へと歩み出す。この年の論考に「戦時中の現代詩」「詩人の戦争責任論」「異端と正系」「詩人論序説」「谷川雁論」などがある。

一九六〇年（昭和三五年）　三六歳

一月、「戦後世代の政治思想」を発表し衝撃をもって迎えられる。安保改定阻止闘争が全国規模で激化する中、全学連主流派、ブントを支持し「六月行動委員会」に加わって行動を共にする。五月、評論集『異端と正系』刊。六月一五日、国会構内の抗議集会で演説。翌日未明、警官隊の排除にあって逃げこんだ先の警視庁構内において建造物侵入現行犯で逮捕される（一八日、不起訴釈放）。第一回近代文学賞受賞。一〇月、「擬制の終焉」が谷川雁、埴谷雄高らとの共著『民主主義の神話』に載録され、前衛神話や党派性を批判する。この年の論考に「短歌的表現の問題」「言語の美学とは何か」「埴谷雄高論」「短歌的喩について」「「四季」派との関係」「朔太郎の世界」などがある。

一九六一年（昭和三六年）　三七歳

二月、嶋中事件が起き、「慷慨談―深沢を孤立させておいて何の〝言論の自由〟ぞや」を発表。九月、自立思想・文学創造運動の場として谷川雁・村上一郎とともに「試行」創刊。「言語にとって美とはなにか」連載開始。この年の論考に「現代学生論」「室生犀星―現代作家論」、「詩とはなにか」「何をマルクス主義文学というか」「混迷のなかの指標」「小林秀雄の方法」などがある。

一九六二年（昭和三七年）　三八歳

一月、「丸山真男論」起稿。サド裁判の弁護側証人として東京地裁に出廷する。六月、

『擬制の終焉』刊。九月、谷川雁・埴谷雄高らと「自立学校」で情況論を連続講義。この年の論考に「『赤光』論」「日本のナショナリズムについて」「近代精神の詩的展開」「琢木詩について」「清岡卓行論」「情況における詩」などがある。

一九六三年（昭和三八年）　三九歳

一月、『吉本隆明詩集』（思潮社版）刊。三月、『丸山真男論』刊。九月以降、「『政治と文学』なんてものはない」などで「政治と文学」論争批判を展開する。一一月、熊本市における「谷川雁・吉本隆明講演会」の翌日、父母の郷里の天草を初めて訪れる。その三日後にも福岡で講演。この年の論考に「反安保闘争の悪煽動について」「倉橋顕吉論」「戦後文学論の思想」「無方法の方法」「模写と鏡」がある。

一九六四年（昭和三九年）　四〇歳

五月、「日本読書新聞」が三月に掲載したコラム記事をめぐる右翼団体への同紙の対応に抗議し、谷川雁らと一三名連名の批判声明を同紙で発表、言論界に衝撃が走る（「読書新聞事件」）。六月、「試行」第一一号から吉本の単独編集となる。試行出版部を創設。六月、『現代日本思想大系』第四巻「ナショナリズム」を編集・解説。『初期ノート』刊。七月、「マルクス紀行」の連載開始。二女・真秀子《まほこ》（筆名・吉本ばなな）誕生。八月、書下ろしの「カール・マルクス」が『20世紀を動かした人々』に収載される（のち、「マルクス伝」に改題）。一二月、評論集『模写と鏡』刊。同書に詩「佃渡しで」載録。この年の論考に「いま文学に何が必要か」「戦後思想の価値転換とは何か」「「近代文学」派の問題」、および中村稔・鶴見俊輔と鼎談「宮沢賢治の価値」。

一九六五年（昭和四〇年）　四一歳

五月、『言語にとって美とはなにかI』刊

（Ⅱは一〇月刊）。六月、『現代詩論大系』第二・三巻の編者となる。一一月、江藤淳と行なった「文学と思想」が初対談となる。この年の論考に「現代の詩論について」「6・15事件　思想的弁護論」「鮎川信夫論―交渉史について」などがある。

一九六六年（昭和四一年）　四二歳

一月、二月、『模写と鏡』『高村光太郎』などの編集者で春秋社の岩淵五郎が全日空羽田沖事故で遭難死し「現存するもっとも優れた大衆が死んだ」と悼む。四月から一〇月にかけ「現代詩の孤立を擁護する」「日本文学の現状」など八講演を行なう。一〇月、『自立の思想的拠点』刊。一一月、「共同幻想論」の連載開始。一二月、『カール・マルクス』刊。北川太一とともに『高村光太郎選集』の編集・解題を行なう。

一九六七年（昭和四二年）　四三歳

七月、文京区千駄木に新居購入。一〇月以降、共同幻想論はじめ自立思想、詩論などをテーマに一三大学ほかで講演。この年の論考に「島尾敏雄の原像」「沈黙の有意味性について」、インタビュー「表現論から幻想論へ」（『共同幻想論』の序文になる）、対談に鶴見俊輔と「どこに思想の根拠をおくか」などがある。

一九六八年（昭和四三年）　四四歳

四月、未刊詩篇も収録した『吉本隆明詩集』刊。父・順太郎死去。八月、初の講演集『情況への発言』刊。九月、『戦後日本思想大系』第五巻「国家の思想」の編集・解説を行なう。一〇月、『吉本隆明全著作集』全一五巻の刊行開始。一二月、『共同幻想論』刊。個人幻想から対幻想、共同幻想までの全幻想領域を原理的に論究。この年の論考に「島尾敏雄の世界」「新体詩まで」、対談に高橋和巳と「現代の文学と思想」、竹内好と「思想と状況」などがある。

一九六九年（昭和四四年）　四五歳
三月、大学紛争などに言及する「情況」の連載開始。八月、「試行」に連載の「心的現象論」総論終了（次号から各論）。一〇月、一九五六年から勤務の特許事務所を退職し文筆に専念。この年の講演に「実朝論―詩人の生と死をめぐって」「色彩論」「詩について」などがある。
一九七〇年（昭和四五年）　四六歳
八月、「宮沢賢治論」所収の『初期ノート〈増補版〉』刊。一一月、六〇年代末の思想潮流に論及した『情況』刊。一二月、清岡卓行、大岡信、鮎川信夫と共同討議「現代詩一〇〇年の総展望」。この年の対談に清岡卓行と「言語表現としての芸術」、江藤淳と「文学と思想の原点」、講演に「宗教としての天皇制」「敗北の構造―共同幻想の世界から」「南島論―家族・親族・国家の論理」など。
一九七一年（昭和四六年）　四七歳
二月、「試行」の「情況への発言」で前年一一月に自死した三島由紀夫について一九篇の断章を書く。七月、母・エミ死去。八月、『源実朝』刊。九月、総論部分の『心的現象論序説』刊。一二月、「聞書・親鸞」の連載始まる。この年の対談に小川国夫と「家・隣人・故郷」、討議に清岡卓行・大岡信・鮎川信夫と「戦後詩の全体像」があり、講演は五～六月に集中して政治と文学の問題、共同幻想論、南島論などを語る。
一九七二年（昭和四七年）　四八歳
一月、「書物の解体学」の連載開始。五月、対談集『どこに思想の根拠をおくか』刊。一二月、講演集『敗北の構造』刊。この年の論考に「岸上大作小論」「斎藤茂吉論」、講演に「詩のゆくえ」「谷川雁論―政治的知識人の典型」「私の詩」「家族・親族・共同体・国家」「連合赤軍事件をめぐって」「初期歌謡の問題」などがある。

一九七三年（昭和四八年）　四九歳
五月、天然水が発売され未知の資本主義段階に突入した指標と捉え各論考で言及。この年の論考に「初期歌謡」（『和歌の本質と展開』に所収）、「島尾文学の源流」「鮎川信夫の根拠」、鮎川信夫との連続対談「存在への遡行」「情況への遡行」、講演に「古代歌謡論」などがある。

一九七四年（昭和四九年）　五〇歳
四月、雑誌の企画「吉本隆明―その心理を分析する」で馬場礼子によるロールシャッハ検査を受け対談も行なう。五月以降、詩作を本格的に再開。九月、『詩的乾坤』刊。一〇月、「初期歌謡論」の連載開始。この年、大岡昇平との対談「詩は行動する」「現代社会における創造」、インタビューに「わが思索のあと」、討議に鮎川信夫・大岡信と「昭和詩五〇年をどうとらえるか」、講演に「詩と古典」などがある。

一九七五年（昭和五〇年）　五一歳
三月、「試行」同人だった村上一郎自刃。四月、『書物の解体学』刊。六月、対談集『思想の根源から』刊。九月、埴谷雄高との対談集『意識 革命 宇宙』刊。一〇月、九年間におよぶ連作詩篇第一作目の「幻と鳥」を発表（全詩篇が再構成され詩集『記号の森の伝説歌』になる）。一一月、埴谷雄高へのインタビュー「思索的渇望の世界」を秋山駿とともに行なう（翌年、同題で単行本化）。『吉本隆明新詩集』刊。この年の論考に「折口の詩」「太宰治の作品」、対談に笠原芳光と「透谷の思想と文学」「近代的人間とキリスト教」、鶴見俊輔と「思想の流儀と原則」、小川国夫と「宗教と思想」、八木誠一と「新約思想をどうとらえるか」、連続講演に「色材論」がある。

一九七六年（昭和五一年）　五二歳
五月、「『死霊』について」を北海道・東北・京都の三大学で連続講演。七月以降、『討議近代詩史』『知の岸辺へ』『呪縛からの解放』刊。〈知〉と〈非知〉の全体像を提示し「吉本親鸞像」を極める『最後の親鸞』刊。この年の論考に「西行」の連載開始、三浦つとむ著『日本語はどういう言語か』の解説、「金子光晴について」、対談に磯田光一と「文学者における生と死」、島尾敏雄と「天翔ける言葉」、大山麟五郎と「民話・時間・南島」、講演に「戦後詩の体験」「鮎川詩の問題」、寺田透・大岡信との鼎談「短詩型の伝統と現在」などがある。

一九七七年（昭和五二年）　五三歳

三月、『村上一郎著作集』の監修者になる。四月、「歳時記」の連載開始。六月、古典を土台に言語理論を展開する大著『初期歌謡論』刊。この年の論考に長篇の「芥川龍之介における虚と実」や「竹内好の死」「法の初源・言葉の初源」「戦争の夏の日」、講演に「詩について」「喩としての聖書」「戦後詩における修辞論」などがある。

一九七八年（昭和五三年）　五四歳

九月、以後の宗教論の出発点となる『論註と喩』、次いで『戦後詩史論』刊。一〇月、病後の恢復期に愛好する詩人や歌人を随想ふうに綴った『吉本隆明歳時記』刊。一二月、今西錦司との対談集『ダーウィンを超えて』刊。この年の対談にミシェル・フーコーと「世界認識の方法」、岡井隆と「定型・非定型の現在と未来」、鼎談に寺田透・大岡信と「詩歌への感応」、鮎川信夫・大岡信と「超越性に向かう詩人の方法」、講演に「共同幻想論のゆくえ」「良寛詩の思想」「芥川・堀・立原の話」などがある。

一九七九年（昭和五四年）　五五歳

一〇月、鮎川信夫との対談集『文学の戦後』刊。一二月、青年期に傾倒した五人の作家の内実で演じられた悲劇を描く『悲劇の解読』刊。『初源への言葉』刊。この年の論考に

「『記』『紀』歌謡と『おもろ』歌謡」「詩と古典」、対談に佐藤泰正と「漱石的主題」、鮎川信夫と「歎異抄について」、講演に「現代詩の思想」「近代文学の宿命―横光利一について」「シモーヌ・ヴェーユについて」「〈アジア的〉ということ」などがある。

一九八〇年（昭和五五年）　五六歳

五月、「試行」で「アジア的ということ」の連載開始。六月、『世界認識の方法』刊。佐賀市で講演「「生きること」について」を行ない翌日、父母の郷里・天草を一七年ぶりに再訪する。この年のインタビューに「〈マルクス〉―読みかえの方法」、対談に藤井貞和と「歌謡の発生をめぐって」、大西巨人と「〝大小説〟の条件」、講演に「文学の原型について」などがある。

一九八一年（昭和五六年）　五七歳

一月、講演集『言葉という思想』刊。五月、「源氏物語論」の連載開始。七月、鮎川信夫との対談集『詩の読解』『思想と幻想』刊。九月、北川太一とともに『高村光太郎選集』（新装増補版）を編集、内容見本に「際限のない詩魂」を執筆。一一月、『吉本隆明新詩集』第二版（詩九篇を追補）刊。一二月、大江健三郎らとの講演録『現代のドストエフスキー』刊。この年の対談に、寺山修司と「死生の理念と短歌」、鮎川信夫と「思想と信仰の論理」「詩人の戦争責任と意識」、長崎浩と「科学の普遍性を問う」、安東次男と「日本近代詩への視点」などがある。

一九八二年（昭和五七年）　五八歳

一月、前年末から「反核」運動が過熱し中野孝次らが「核戦争の危機を訴える文学者の声明」を発表。それに対し「停滞論」「「反核」運動の思想批判」などで継続的に論難する。互いの批評論考を集成した『鮎川信夫論吉本隆明論』刊。三月、「マス・イメージ論」の連載開始。四月、「思想読本　親鸞」を責任編集。五月、インタビュー「『死』体験の意味」連載開始。一〇月、『源氏物語論』刊。一二月、「反核」運動の批判論考集『「反核」異論』刊。この年の対談に江藤淳と「現代文学の倫理」、水上勉と「仏教者良寛をめぐって」、講演に「若い現代詩」など。

一九八三年（昭和五八年）　五九歳
三月、「大衆文化現考」の連載開始。五月『素人の時代』『相対幻論』刊。一〇月、栗本慎一郎との対談集『相対幻論』刊。この年の論考に「田村隆一についての覚え書」「ジョバンニの父とはなにか」、インタビューに「わが賢治」、対談に佐佐木幸綱と「歌の祖形ということ」、鮎川信夫と「詩のラディカリズムの〈現在〉」、講演に「共同幻想とジェンダー」「宮沢賢治・思想としての幼児性」などがある。

一九八四年（昭和五九年）　六〇歳
四月、「柳田国男論」の連載開始。六月、フーコーが死去し、「ミシェル・フーコーの死」を発表。七月、現在版「共同幻想論」を論じる『マス・イメージ論』刊。九月、女性誌にファッションブランドを着て自宅書斎で撮られた写真が掲載され、のち、埴谷雄高との間で「コム・デ・ギャルソン論争」が起きる。この年の対談に原子朗と「賢治の言語をめぐって」、梅原猛と「ロゴスの深海―親鸞の世界」などがある。

一九八五年（昭和六〇年）　六一歳
一月、インタビュー集『対幻想―n個の性をめぐって』、対談集『現在における差異』、講演集『隠遁の構造　良寛論』刊。三月、埴谷雄高の「吉本隆明への手紙」に応えて「政治なんてものはない」を書き、「埴谷・吉本論争」始まる。六月、『死の位相学』刊。七月、「ハイ・イメージ論」の長期連載開始。八月、対談「全否定の原理と倫理」で鮎川信夫と「ロス疑惑」をめぐって応酬し事実上の訣別となる。九月、『重層的な非決定へ』刊。一〇月、「言葉からの触手」の連載開始。対談集『難しい話題』刊。一一月、吉本の作品論・講演・インタビューなどを収載した『吉本隆明ヴァリアント』刊。

一九八六年（昭和六一年）六二歳

九月、『吉本隆明全集撰』全七巻別巻一の刊行開始（二巻・別巻は未刊）。一二月、六六篇の「連作詩篇」を再構成した詩集『記号の森の伝説歌』刊。この年はほかに共著が一一書に及ぶ。対談集に坂本龍一との『音楽機械論』、梅原猛との『日本の原像』、佐藤泰正との『漱石的主題』、林真理子・栗本慎一郎との鼎談『恋愛幻論』など。論考には「西行歌における劇」「権力について」等々、都市論、精神病理など多岐にわたる。

一九八七年（昭和六二年）六三歳

六月、映画評論集『夏を越した映画』刊。八月、テレビ時評「視線と解体」の連載開始。九月、講演と討論のイベント「いま、吉本隆明25時」を三上治・中上健次とともに開催。一〇月、対談集『よろこばしい邂逅』刊。一一月、講演集『超西欧的まで』刊。一二月、『吉本隆明全対談集』全一二巻の刊行開始。「試行」六七号の「情況への発言」で相次いで死去した鮎川信夫・島尾敏雄・磯田光一らを追悼。論考に「共同体の起源についての註」、インタビューに「「ハイ・イメージ論」をめぐって」「科学技術を語る」、対談に小川国夫と「漱石が創った女たち」、俵万智と「制約と自由とが生み出すものについて」、網野善彦・川村湊との鼎談「歴史としての天皇制」、講演に「わが歴史論―柳田思想と日本人」「マス・イメージからハイ・イメージへ」などがある。

一九八八年（昭和六三年）六四歳

二月、前年九月のイベント記録集『いま、吉本隆明25時』刊。五月、弘前大学での「太宰治論」シンポジウムで講演と討議を行ない、一〇月に記録集『吉本隆明〔太宰治〕を語る』刊。一二月、那覇市での「南島論序説」のシンポジウムで講演（翌年、記録集『琉球弧の喚起力と南島論』刊）。この年の対談と講演は日を置かず多数あり、主な対談に小川国夫と「新共同訳『聖書』を読む」、辺見じゅんと「ことばの力、うたの心」、中沢新一と「消滅にむかう世界のなかで」、高橋源一郎と「なぜ太宰治は死なないか」、江藤淳と「文学と非文学の倫理」、講演に「普遍イメージ論」、宮崎市での「異常の分散」など。

一九八九年（昭和六四年・平成元年）六五歳

一月、昭和天皇死去し「最後の偉大な帝王」を書く（原題は「天皇の死とテレビ」）。三月、『鮎川信夫全集』を監修。四月、『ハイ・イメージ論Ⅰ』刊（Ⅱは翌年刊）。六月、詩人の断片集となる『言葉からの触手』刊。七月、書下ろしの『宮沢賢治』刊、九月、都市論集『像としての都市』刊。この年の論考に「磯田光一の仕事」「南島論」「「銀河鉄道の夜」の人たち」、対談に佐藤正英と「親鸞が“幼女殺し”を救うとき」、山本七平と「天皇―その位置を考え直す」、佐々木幹郎と「漂泊者の地誌―朔太郎をめぐって」、講演に「岡本かの子―華麗なる文学世界」「未来の親鸞」「宮沢賢治の文学と宗教」などがある。

一九九〇年（平成二年）六六歳

一月、「匂いを讀む」の連載開始。二月、『西行論』刊。七月、日米構造協議が締結し「第二の敗戦」として情勢論で論及。日本近代文学館主催「夏の文学教室」で夏目漱石の三作品について講演（翌年以降も連続八回招かれ演壇に立つ）。八月、情勢論「ニッポンの現在」の連載開始。『遠野物語』発刊八〇周年記念で遠野市に赴き「『遠野物語』の意味」を講演。九月以降、八書が刊行される。『解体される場所』『天皇制の基層』『マチウ書試論・転向論』『未来の親鸞』『吉本隆明「五つの対話」』『ハイ・エディプス論』『柳田国男論集成』『島尾敏雄』。この年のインタビューに「世界認識の臨界へ」、対談に河合隼雄と「『とりかへばや物語』の謎」、岡井隆と「賢治・短詩型・南島論」など。

一九九一年（平成三年）　六七歳

三月、「消費のなかの「芸」」の連載開始。四月、湾岸戦争が一月に始まり、いち早く「わたしにとって中東問題とは」を発表。五月、「ハイ・イメージ論」の連載開始。六月、テレビ時評の『情況としての画像』刊。九月、ソ連邦崩壊で「こんどソ連で起こったこと」を書く。この年の対談に中沢新一と「超近代という時代」、中島みゆきと「〈感覚〉から〈心〉に入る歌」、夏石番矢と「俳句表現のアポリア」、辻井喬と「『智恵子抄』の愛の真実」、玉城政美と「南島歌謡研究の方法と可能性」、講演に「家族の問題とはどういうことか」「現代社会と青年」など。

一九九二年（平成四年）　六八歳

二月、政治思想論・仏教論の『甦えるヴェイユ』や『良寛』、日本情勢論の『見えだした社会の限界』、さらに三月、世界情勢論の『大情況論—世界はどこへいくのか』刊。六月、「イメージ論１９９２」の連載開始。八月、「三木成夫について」で三木の著書との出会いは「ここ数年のわたしにひとつの事件」と記す。九月、「ドゥマゴ文学賞」の単独選考委員になる。一〇月、メタローグ運営の「創作学校」で言語論の連続講義を行なう。『吉本隆明初期詩集』刊。この年の論考に「おもろさうしとユーカラ」「前登志夫の呪術性と野性」、対談に山折哲雄と「変貌する死の概念」、四方田犬彦と「比類ない〝物語〟の力」、講演に「像としての都市」「現代文学のゆくえ」「総論　柳田民俗学」「わが月島」などがある。

一九九三年（平成五年）　六九歳
三月、最終詩作品となる「わたしの本はすぐに終る」を発表。『追悼私記』刊。四月、情勢論の「社会風景論」の連載開始。『時代の病理』刊。九月、インタビュー集『世界認識の臨界へ』刊。「思想詩人吉本隆明展」が八重洲ブックセンターで開催され盛況を見る。一二月、対談集『〈非知〉へ──〈信〉の構造「対話篇」』刊。この年の論考に「茂吉短歌の初期──『赤光』について」「胎児という時期」「吉本ばななをめぐって」、講演に「シモーヌ・ヴェイユの現在」「現代に生きる親鸞」「三木成夫さんについて」、座談会に三枝昂之・夏石番矢・大西泰世との「短詩型文学百年のパラダイム」がある。
一九九四年（平成六年）　七〇歳
一月、梅原猛、中沢新一との連続鼎談「日本人は思想したか」。自伝的エッセイを集成した『背景の記憶』刊。三月、「吉本隆明と時代を読む」のシリーズ講演始まる。七月、時事評論「吉本隆明の視点」の連載開始。一一月、情勢論の『情況へ』刊。一二月、エッセイ「食べものの話」およびインタビュー「哲人・吉本隆明の世間と世界を透視する」の連載開始。『現在はどこにあるか』刊。講演集『愛する作家たち』刊。
一九九五年（平成七年）　七一歳
一月、阪神・淡路大震災。二月、谷川雁死去し追悼文「詩人的だった方法」を書く。J・ボードリヤール来日記念講演会で講演「消費が問いかけるもの」および対談を行なう。二月、インタビュー集『対幻想〈平成版〉』『マルクス──読みかえの方法』刊。三月、地下鉄サリン事件起こる。四月、「写生の物語」の連載開始。七月、講演集『親鸞復興』刊。六月、『世紀末を語る　あるいは消費社会の行方について』刊。八月、五年余にわたる「吉本隆明　戦後五十年を語る」の連載開始。九月、産経新聞がインタビュー「オウムが問いかけるもの」を四回掲載した後、「吉本隆明氏は間違っている」など批判記事を連載。それに対し批判を通してオウム問題に論及。一〇月、情勢論の『超資本主義』刊。一一月、「わたしの主要な仕事の一里塚」と記す評論集『母型論』刊。この年のインタビューに「吉本隆明―大衆の原像」、講演に「戦争と平和」「詩はどこまできたか」「廣松渉の国家論・唯物史観」「わが情況的オウム論」などがある。

一九九六年（平成八年）　七二歳

三月、インタビュー集『学校・宗教・家族の病理』が、自由価格本で発売され話題となる。『世紀末ニュースを解読する』刊。七月、『消費のなかの芸』刊。八月、西伊豆の土肥海水浴場で遊泳中に溺れる。一〇月、水難事故後、初めての執筆となる「溺体始末記」発表。一一月、詩のアンソロジー『日本名詩集成』の編集委員になり、八篇の「鑑賞」を書く。この年のインタビューに「母型論と大洋論」、講演に「苦難を超える―『ヨブ記』をめぐって」「賢治の世界」、対談に小川国夫との「宗教論争」がある。

一九九七年（平成九年）　七三歳

一月、見田宗介との対談「世紀末を解く」の連載開始。講演集『ほんとうの考え・うその考え―賢治・ヴェイユ・ヨブをめぐって』刊。二月、親子対談集『吉本隆明×吉本ばなな』刊。埴谷雄高死去。四月、「埴谷雄高さんの死に際会して」を書く。六月、『思想の原像―大震災・オウム後』刊。辺見庸との対談集『夜と女と毛沢東』刊。インタビュー集『新・死の位相学』刊。一二月、インタビュー「世紀末吉本亭」の長期連載開始。「試行」が七四号で終刊。この年のインタビューに「〈普遍的なポエジー〉へ向けて」など。

一九九八年（平成一〇年）　七四歳

一月、「試行」の終刊にあたり直接購読者に書下ろしの私家版『アフリカ的段階について』を贈呈（五月に春秋社刊）。同書で「アフリカ的」概念を提起し史観を拡張しようとする。九月、自伝的な『父の像』刊。一一月、小川国夫との対談集『宗教論争』刊。一二月、ウェブサイト「ほぼ日刊イトイ新聞」が糸井重里のインタビューによる「吉本談話コーナー」を開設。この年の講演に「日本アンソロジーについて」などがある。

一九九九年（平成一一年）　七五歳

一月、掌編小説「坂の上、坂の下」を発表（のち二話を書く）。三月、講義録の『詩人・評論家・作家のための言語論』刊。五月、インタビュー「20世紀を大総括する人生相談」の連載開始。自らの少年期も織り込んだ『少年』刊。七月、江藤淳自死。「江藤淳記」ほかで追悼する。九月、インタビュー集『私の「戦争論」』刊。一〇月、インタビュー「古典を読む」の連載開始。一二月、親鸞についての集大成版『親鸞〈決定版〉』刊。この年の主な対談に山折哲雄と「親鸞、そして死」、インタビューに「贈与の新しい形」がある。

二〇〇〇年（平成一二年）　七六歳

三月、『吉本隆明資料集』刊行開始（松岡祥男編集発行）。四月、「吉本隆明が読む近代日本の名作」が毎日新聞で、「吉本隆明TVを読む」が朝日新聞で連載開始。六月、『写生の物語』刊。九月、インタビュー集『超「20世紀論」』刊。一〇月、インタビュー「時代と向き合う」の長期連載開始。三好春樹との対談集『〈老い〉の現在進行形』刊。一一月、京都での日本文化デザイン会議に出席し「創像新世紀」の講演を行なう。一二月、インタビュー集『吉本隆明が語る戦後55年』全一二巻別巻一の刊行開始。この年の論考に「西行の色」、対談に長谷川宏との「マルクスはヘーゲルを超えたか」などがある。
二〇〇一年（平成一三年）　七七歳
三月、『幸福論』刊。四月、『日本近代文学の名作』刊。「吉本隆明がいま語る―炎の人・三好十郎」をNHKが放映。六月、人生相談スタイルの談話集『悪人正機』、講演集『心とは何か―心的現象論入門』刊。八月、『今に生きる親鸞』刊。九月、アメリカで同時多発攻撃事件発生。『吉本隆明全講演ライブ集』の発売開始。一一月、「同時多発テロと戦争」を発表。『読書の方法―なにを、どう読むか』刊。この年の論考に、前年の講演「創像新世紀」をもとに書き起こした「詩学叙説―七五調の喪失と日本近代詩の百年」、対談に高山文彦との「「荒地」とその時代」、栗本慎一郎との「死線を超えて」など。
二〇〇二年（平成一四年）　七八歳
二月、「情況への発言」と「〈アジア的〉」についての論考・講演を『ドキュメント吉本隆明1』に発表。四月、談話構成の「吉本隆明が読む現代日本の詩歌」を毎日新聞で連載開始。この年、『老いの流儀』『超「戦争論」』『夏目漱石を読む』『ひきこもれ』ほか刊行。対談に加藤典洋と「存在倫理について」、インタビューに「私の文学―批評は現在をつらぬけるか」などがある。
二〇〇三年（平成一五年）　七九歳
四月、『現代日本の詩歌』刊。七月、単行本未収録の詩篇も収めた『吉本隆明全詩集』刊。九月、『夏目漱石を読む』で第二回小林秀雄賞。一二月、森山公夫との対談集『異形の心的現象』刊。この年の論考に、中沢新一著『チベットのモーツァルト』の解説、檀一雄著『太宰と安吾』の解説、片島紀男著『悲しい火だるま―評伝・三好十郎』の序文「三好十郎のこと」、および「高橋源一郎について―完黙の詩人」などがある。
二〇〇四年（平成一六年）　八〇歳

一月、情勢論『「ならずもの国家」異論』刊。二月、初期癌の摘出手術を受ける。講演と談話集の『人生とは何か』刊。四月、『吉本隆明代表詩選』刊。七月、入院中に構想した漱石の二つの旅を読み解く『漱石の巨きな旅』刊。九月、『超恋愛論』刊。一〇月、「吉本隆明 自作を語る」の長期連載開始。この年の論考に、「詩学叙説・続―初期象徴詩の問題」「中原中也について」、談話に「漱石の巨きさ」、対談に中沢新一との「心と言葉、そのアルケオロジー」などがある。

二〇〇五年（平成一七年）八一歳

一月、詩人論の『際限のない詩魂』刊。二月、江藤淳の自死から五年、田中和生のインタビューによる「江藤淳よ、どうしてもっと文学に生きなかったのか」。対談集『吉本隆明対談選』刊。三月以降、書下ろしの『中学生のための社会科』、インタビュー集『吉本隆明「食」を語る』、鼎談集『歴史としての天皇制』、芹沢俊介との対談集『幼年論』、高岡健との対談集『時代病』が刊行される。一二月、「Coyote」がインタビューや写真で「吉本隆明翁に会いに行く。」を特集。

二〇〇六年（平成一八年）八二歳

一月、評論集『詩学叙説』刊。三月、『詩とはなにか―世界を凍らせる言葉』刊。五月、自らの肉体と精神を考古学的に掘りさげたという『老いの超え方』刊。一一月、『吉本隆明全詩集』の分冊『吉本隆明詩全集』全七巻の刊行開始。「芸術言語論」五回の講義が自宅で録画され翌年一一月から東工大の授業で上映される。一二月、第15・16回 iichiko 文化学賞を故ミシェル・フーコーと同時受賞。この年のエッセイに「心身健康な時期の太宰治『富嶽百景』」、談話に「詩歌のゆくえ」、インタビューに「吉本隆明、大病からの復活」、対談に笠原芳光と「宗教を問い直す」、森繁哉と「移行する身体―歌や言葉のこと」、中沢新一と「超人間、超言語」など。

二〇〇七年（平成一九年）八三歳

一月、エッセイ「おいしく愉しく食べてこそ」の連載始まる。自らの思索の軌跡に重ねて一〇年前から解題アンソロジーとして書きとめてきた『思想のアンソロジー』刊。二月、談話による『真贋』刊。六月、未刊行だった『心的現象論』（本論）がオンデマンド出版で初の単行本化。『吉本隆明　自著を語る』刊。この年の論考に「岡井隆の近業について」、談話に「9条は先進的な世界認識」「わたしと仏教」、インタビューに「『心的現象論』を書いた思想的契機」「秋山清と〈戦後〉という場所」、対談に中島岳志との「左翼、根拠地、そして親鸞」、糸井重里と「僕たちの親鸞体験」、鼎談に野村喜和夫・城戸朱理との「日本語の詩とはなにか」、講演に「日本浄土系の思想と意味」がある。

二〇〇八年（平成二〇年）八四歳

一月、『「情況への発言」全集成』全三巻の刊行開始。東工大でのビデオ上映による講義録の『日本語のゆくえ』刊。七月、『心的現象論本論』刊（翌月、総論・各論の全論考収載版刊行）。「これまでの仕事を一つにつなぐ話をしてみたい」として、「芸術言語論—沈黙から芸術まで」の講演を行なう。その一回目は昭和女子大学講堂で、二回目は一〇月に自宅からのライブ映像が紀伊國屋ホールの講演会場に送信されて行なわれる。八月、『吉本隆明　五十度の講演』刊。一一月、『「芸術言語論」への覚書』刊。一二月、『貧困と思想』刊。この年の論考に「詩人清岡卓行について」、談話に「詩から消える自然描写の伝統」、対談に中沢新一との「『最後の親鸞』からはじまりの宗教へ」、笠原芳光聞き手によるインタビュー「思想を生きる」（DVD化され京都精華大学が申込者に無料進呈）などがある。

二〇〇九年（平成二一年）　八五歳
一月、NHKが前年七月の講演を中心に編成した「吉本隆明語る—沈黙から芸術まで」を放映。六月、『吉本隆明　全マンガ論』刊。現代詩手帖創刊50年祭で講演（同誌はのちに「孤立の技法」の題で講演録掲載）。九月、第一九回「宮沢賢治賞」受賞（花巻市で授賞式）。同時に記念講演を行なう。森山公夫との対談集『異形の心的現象』刊。この年の論考に「親鸞の最終の言葉」、インタビューに「文学の芸術性」「吉本隆明さん、今、死をどう考えていますか?」「天皇制・共産党・戦後民主主義」、談話に「敗戦に泣いた日のこと」「身近な良寛」などがある。
二〇一〇年（平成二二年）　八六歳
二月、「BRUTUS」の「吉本隆明特集」掲載を機に大型書店が共同企画のブックフェアとして「最大の吉本隆明フェア」を開催。一〇月、「15歳の寺子屋」シリーズの『ひとり』刊。この年の論考に『田村隆一全集』への推薦文「推薦不要の弁」、「竹内好生誕百年」にちなむ「日本の中国認識高めた思想家」、インタビューに「資本主義の新たな段階と政権交代以後の日本の選択」「詩と境界—中也詩、賢治詩をめぐって」、談話に「マタイ伝を読んだ頃」「宮沢賢治の生き方を心に刻む」「やっぱり詩が一番」、対談に中沢新一との「〈アジア的なもの〉と民主党政権の現在」、吉本ばななとの親子対談「書くことと生きることは同じじゃないか」などがある。
二〇一一年（平成二三年）　八七歳
一月、FM放送JFNのインタビュー番組「ラジオ版　学問ノススメ」に出演。生前最後の肉声公開となる。三月一一日、東日本大震災、次いで福島原発事故が発生。未曽有の大災害について基本的な認識を展開する。談話では「科学技術に退歩はない」「これから人類は危ない橋をとぼとぼ渡っていくことになる」「科学に後戻りはない」などがある。四月、『老いの幸福論』刊。五月、「中央公論」の「私が選ぶ『昭和の言葉』」に応えて敗戦直後に小林秀雄が喋った「僕は無智だから反省なぞしない」を挙げる。一〇月、江藤淳との全対談集成の『文学と非文学の倫理』刊。一一月、『完本 情況への発言』刊。この年の他のインタビューに、「資本主義の新たな経済現象と価値論の射程」「風の変わり目―世界認識としての宮沢賢治」「吉本隆明、性を語る」、談話には政治情勢論の「理念がないからダメになる」、「世界認識としての宮沢賢治」「資本主義の新たな経済現象と価値論の射程」などがある。

二〇一二年（平成二四年）

一月、福島原発事故による被害拡大で反原発が叫ばれるなか、週刊誌が「『反原発』で猿になる！　吉本隆明の遺言」のタイトルで談話を掲載。このセンセーショナルな見出しが独り歩きし批判にさらされる。その渦中に風邪をこじらせ緊急入院。間欠的に高熱が続くなか、三月一六日未明、八七歳と三ヵ月余で生涯を終える。「吉本隆明の死」は衝撃をもって迎えられ、新聞各紙は「市井に生きた知の巨人」「大衆に寄り添った巨星」「沖縄問題心寄せた論客」などの見出しで報じ、週刊誌・文芸誌などの追悼記事や特集が続く。死去当日、石川九楊との対談集『書 文字 アジア』が発売される。六月、茂木健一郎との対談『「すべてを引き受ける」という思想』刊。八月、全講演収録の『宮沢賢治の世界』刊。一〇月、和子夫人が老衰のため死去（享年八五）。談話集『第二の敗戦期―これからの日本をどうよむか』刊。一二月、インタビュー集『吉本隆明が最後に遺した三十万字（上、下）』刊（上巻「自著を語る」、下巻「時代と向き合う」）。

二〇一三年（平成二五年）

三月、最晩年に愛猫への想いを語った『フランシス子へ』刊。没後一年、「偲ぶ会」が開かれ文学忌の名称を「横超忌」と命名。四月、食のエッセイ集『開店休業』が刊行され、長女・ハルノ宵子が四〇話に「追想」文を添える。五月、「文藝春秋」「鮮やかに生きた昭和の100人」にその一人として紹介される。

二〇一四年（平成二六年）

三月、晶文社が『吉本隆明全集』全三八巻別巻一の刊行開始。一〇月、『吉本隆明の経済学』（中沢新一編著）刊。吉本の経済論を引用し解説を加えて「吉本経済学」の像を出現させようと試みる。一一月、フリーアーカイブ「吉本隆明の183講演」を「ほぼ日刊イトイ新聞」が無料公開。一二月、『吉本隆明〈未収録〉講演集』全一二巻の刊行開始。

二〇一五年（平成二七年）

一月、NHKが「知の巨人たち」シリーズの番組で「自らの言葉で立つ―思想家・吉本隆明」を放映。『「反原発」異論』刊。科学技術と原発問題について「3・11」後の全発言とそれ以前の論考等で構成。二月、太田修によるインタビュー集『農業論拾遺―世界認識論』刊。四月、「詩歌の潮流」を語る『吉本隆明　最後の贈りもの』刊。七月、二五年間にわたる山本哲士との対話編『思想を読む世界を読む』、および山本らによるインタビュー編『思想の機軸とわが軌跡』が大冊となって同時刊行される。

二〇一六年（平成二八年）

三月、「アジア的」の構想を結集させた『アジア的ということ』刊。国家の「起源」や言語表現の「原型」を提示する『全南島論』刊。遺稿となった自序・自跋も掲載される。

二〇一七年（平成二九年）

二月、『吉本隆明　江藤淳　全対話』刊。既刊の『文学と非文学の倫理』を改題し五対談を文庫化。四月、「10分で出会う吉本隆明展」が千代田図書館で開催される。七月、『吉本隆明質疑応答集』全七巻の刊行開始。講演後に行なわれた聴衆との質疑応答が集成される。

二〇一九年（平成三一年・令和元年）

一月、『親鸞の言葉』刊。四月、新たな追悼文増補による『追悼私記　完全版』刊。七月、『ふたりの村上―村上春樹・村上龍論集成』刊。

二〇二〇年（令和二年）

四月、『地獄と人間―吉本隆明拾遺講演集』刊。新たに見いだされた一一講演を収録。七月、NHKが「100分de名著」シリーズの解説番組で「吉本隆明〝共同幻想論〟」を四回放映。一〇月、『吉本隆明　わが昭和史』刊。少年期から昭和天皇の死まで主要エッセイや論考二十数篇を収録、「吉本隆明の昭和」が描かれる。

二〇二一年（令和三年）

四月、『吉本隆明が語った超資本主義の現在』刊。七月、『吉本隆明　全質疑応答』全五巻の刊行開始。三巻で中断した『質疑応答集』が再編成されて刊行。八月、『吉本隆明詩歌の呼び声―岡井隆論集』刊。岡井隆について論考や講演・対談などを集成。一一月、『憂国の文学者たちに―60年安保・全共闘論集』刊。

二〇二二年（令和四年）

一月、『心的現象論・本論』が新書版で刊行される。六月、鶴見俊輔との共著『思想の流儀と原則』刊（既刊の同名書籍とは異なり両者の代表論考と対談を収載）。七月、一七歌人論収録の『ことばの力　うたの心―吉本隆明短歌論集』刊。一〇月、「歿後10年　吉本隆明―廃墟からの出立」特別展が北海道立文学館で開催される。

二〇二三年（令和五年）

一二月、『吉本隆明全集』全三八巻別巻一のうち三四回まで配本される。長女・ハルノ宵子が『吉本隆明全集』月報に連載のエッセイを一書にした『隆明だもの』を上梓。父や家族について綴り、吉本ばななとの姉妹対談も載録。

〔付記〕吉本隆明の論考・インタビュー・対談・講演等は膨大な数にのぼっている。本年譜は詩歌に関する作品を中心に掲げた。またその作品名は著書に載録されて改題されたりするが、発表時の原題で記述した。

（高橋忠義編）

本書は『吉本隆明初期詩集』（講談社文芸文庫、一九九二年一〇月刊）の続巻にあたり、私家版の詩集『転位のための十篇』発行（一九五三年九月）より後に発表された作品を収録しました。

本書のⅠとⅡは『吉本隆明全集撰　1　全詩撰』（大和書房、一九八六年九月刊）を底本とし、『吉本隆明全集3』『同4』『同6』『同7』『同9』『同12』『同13』『同15』『同16』『同17』『同18』『同19』『同20』を適宜参照しました。Ⅲは『吉本隆明全集21』を、Ⅳは『同22』を、Ⅴは『同25』『同27』をそれぞれ底本としました（『吉本隆明全集』は晶文社より二〇一四年三月刊行開始、全三八巻別巻一のうち、二〇二四年一月現在一～三三巻および三七巻が刊行済）。

かな遣いは底本どおり、漢字は原則として新漢字を用いました。

Kodansha Bungei bunko

わたしの本《ほん》はすぐに終《おわ》る　吉本隆明詩集《よしもとたかあきししゅう》
吉本隆明《よしもとたかあき》

2024年3月8日第1刷発行

発行者……………… 森田浩章
発行所……………… 株式会社 講談社
〒112-8001 東京都文京区音羽2・12・21
電話　編集（03）5395・3513
販売（03）5395・5817
業務（03）5395・3615

デザイン……………… 水戸部 功
印刷……………… 株式会社KPSプロダクツ
製本……………… 株式会社国宝社
本文データ制作…… 講談社デジタル製作

ISBN978-4-06-534882-6

木山捷平—酔いざめ日記	
木山捷平—[ワイド版]長春五馬路	蜂飼 耳——解/編集部——年
京須偕充—圓生の録音室	赤川次郎・柳家喬太郎———解
清岡卓行—アカシヤの大連	宇佐美 斉—解/馬渡憲三郎-案
久坂葉子—幾度目かの最期 久坂葉子作品集	久坂部 羊—解/久米 勲——年
窪川鶴次郎-東京の散歩道	勝又 浩——解
倉橋由美子-蛇|愛の陰画	小池真理子-解/古屋美登里-年
黒井千次—たまらん坂 武蔵野短篇集	辻井 喬——解/篠崎美生子-年
黒井千次選-「内向の世代」初期作品アンソロジー	
黒島伝治—橇|豚群	勝又 浩——人/戎居士郎—年
群像編集部編-群像短篇名作選 1946～1969	
群像編集部編-群像短篇名作選 1970～1999	
群像編集部編-群像短篇名作選 2000～2014	
幸田 文——ちぎれ雲	中沢けい—人/藤本寿彦—年
幸田 文——番茶菓子	勝又 浩——人/藤本寿彦—年
幸田 文——包む	荒川洋治—人/藤本寿彦—年
幸田 文——草の花	池内 紀——人/藤本寿彦—年
幸田 文——猿のこしかけ	小林裕子—解/藤本寿彦—年
幸田 文——回転どあ|東京と大阪と	藤本寿彦—解/藤本寿彦—年
幸田 文——さざなみの日記	村松友視—解/藤本寿彦—年
幸田 文——黒い裾	出久根達郎-解/藤本寿彦—年
幸田 文——北愁	群 ようこ—解/藤本寿彦—年
幸田 文——男	山本ふみこ-解/藤本寿彦—年
幸田露伴—運命|幽情記	川村二郎—解/登尾 豊——案
幸田露伴—芭蕉入門	小澤 實——解
幸田露伴—蒲生氏郷|武田信玄|今川義元	西川貴子—解/藤本寿彦—年
幸田露伴—珍饌会 露伴の食	南條竹則—解/藤本寿彦—年
講談社編——東京オリンピック 文学者の見た世紀の祭典	高橋源一郎-解
講談社文芸文庫編-第三の新人名作選	富岡幸一郎-解
講談社文芸文庫編-大東京繁昌記 下町篇	川本三郎—解
講談社文芸文庫編-大東京繁昌記 山手篇	森 まゆみ—解
講談社文芸文庫編-戦争小説短篇名作選	若松英輔—解
講談社文芸文庫編-明治深刻悲惨小説集 齋藤秀昭選	齋藤秀昭—解
講談社文芸文庫編-個人全集月報集 武田百合子全作品・森茉莉全集	

▶解=解説 案=作家案内 人=人と作品 年=年譜を示す。 2024年3月現在

小島信夫	抱擁家族	大橋健三郎-解／保昌正夫—案
小島信夫	うるわしき日々	千石英世—解／岡田 啓—年
小島信夫	月光|暮坂 小島信夫後期作品集	山崎 勉—解／編集部—年
小島信夫	美濃	保坂和志—解／柿谷浩一—年
小島信夫	公園|卒業式 小島信夫初期作品集	佐々木 敦—解／柿谷浩一—年
小島信夫	各務原・名古屋・国立	高橋源一郎-解／柿谷浩一—年
小島信夫	[ワイド版]抱擁家族	大橋健三郎-解／保昌正夫—案
後藤明生	挾み撃ち	武田信明—解／著者—年
後藤明生	首塚の上のアドバルーン	芳川泰久—解／著者—年
小林信彦	[ワイド版]袋小路の休日	坪内祐三—解／著者—年
小林秀雄	栗の樹	秋山 駿—人／吉田凞生—年
小林秀雄	小林秀雄対話集	秋山 駿—解／吉田凞生—年
小林秀雄	小林秀雄全文芸時評集 上・下	山城むつみ-解／吉田凞生—年
小林秀雄	[ワイド版]小林秀雄対話集	秋山 駿—解／吉田凞生—年
佐伯一麦	ショート・サーキット 佐伯一麦初期作品集	福田和也—解／二瓶浩明—年
佐伯一麦	日和山 佐伯一麦自選短篇集	阿部公彦—解／著者—年
佐伯一麦	ノルゲ Norge	三浦雅士—解／著者—年
坂口安吾	風と光と二十の私と	川村 湊—解／関井光男—案
坂口安吾	桜の森の満開の下	川村 湊—解／和田博文—案
坂口安吾	日本文化私観 坂口安吾エッセイ選	川村 湊—解／若月忠信—年
坂口安吾	教祖の文学|不良少年とキリスト 坂口安吾エッセイ選	川村 湊—解／若月忠信—年
阪田寛夫	庄野潤三ノート	富岡幸一郎-解
鷺沢萠	帰れぬ人びと	川村 湊—解／著者、オフィスめめ-年
佐々木邦	苦心の学友 少年倶楽部名作選	松井和男—解
佐多稲子	私の東京地図	川本三郎—解／佐多稲子研究会-年
佐藤紅緑	ああ玉杯に花うけて 少年倶楽部名作選	紀田順一郎-解
佐藤春夫	わんぱく時代	佐藤洋二郎-解／牛山百合子-年
里見弴	恋ごころ 里見弴短篇集	丸谷才一—解／武藤康史—年
澤田 謙	プリューターク英雄伝	中村伸二—年
椎名麟三	深夜の酒宴|美しい女	井口時男—解／斎藤末弘—年
島尾敏雄	その夏の今は|夢の中での日常	吉本隆明—解／紅野敏郎—案
島尾敏雄	はまべのうた|ロング・ロング・アゴウ	川村 湊—解／柘植光彦—案
島田雅彦	ミイラになるまで 島田雅彦初期短篇集	青山七恵—解／佐藤康智—年
志村ふくみ	一色一生	高橋 巖—人／著者—年

講談社文芸文庫

庄野潤三—夕べの雲	阪田寛夫—解／助川徳是—案
庄野潤三—ザボンの花	富岡幸一郎-解／助川徳是—年
庄野潤三—鳥の水浴び	田村 文—解／助川徳是—年
庄野潤三—星に願いを	富岡幸一郎-解／助川徳是—年
庄野潤三—明夫と良二	上坪裕介—解／助川徳是—年
庄野潤三—庭の山の木	中島京子—解／助川徳是—年
庄野潤三—世をへだてて	島田潤一郎-解／助川徳是—年
笙野頼子—幽界森娘異聞	金井美恵子-解／山﨑眞紀子-年
笙野頼子—猫道 単身転々小説集	平田俊子—解／山﨑眞紀子-年
笙野頼子—海獣|呼ぶ植物|夢の死体 初期幻視小説集	菅野昭正—解／山﨑眞紀子-年
白洲正子—かくれ里	青柳恵介—人／森 孝—年
白洲正子—明恵上人	河合隼雄—人／森 孝—年
白洲正子—十一面観音巡礼	小川光三—人／森 孝—年
白洲正子—お能|老木の花	渡辺 保—人／森 孝—年
白洲正子—近江山河抄	前 登志夫—人／森 孝—年
白洲正子—古典の細道	勝又 浩—人／森 孝—年
白洲正子—能の物語	松本 徹—人／森 孝—年
白洲正子—心に残る人々	中沢けい—人／森 孝—年
白洲正子—世阿弥 —花と幽玄の世界	水原紫苑—人／森 孝—年
白洲正子—謡曲平家物語	水原紫苑—解／森 孝—年
白洲正子—西国巡礼	多田富雄—解／森 孝—年
白洲正子—私の古寺巡礼	高橋睦郎—解／森 孝—年
白洲正子—[ワイド版]古典の細道	勝又 浩—人／森 孝—年
鈴木大拙訳-天界と地獄 スエデンボルグ著	安藤礼二—解／編集部—年
鈴木大拙—スエデンボルグ	安藤礼二—解／編集部—年
曽野綾子—雪あかり 曽野綾子初期作品集	武藤康史—解／武藤康史—年
田岡嶺雲—数奇伝	西田 勝—解／西田 勝—年
高橋源一郎-さようなら、ギャングたち	加藤典洋—解／栗坪良樹—年
高橋源一郎-ジョン・レノン対火星人	内田 樹—解／栗坪良樹—年
高橋源一郎-ゴーストバスターズ 冒険小説	奥泉 光—解／若杉美智子-年
高橋源一郎-君が代は千代に八千代に	穂村 弘—解／若杉美智子・編集部-年
高橋たか子-人形愛|秘儀|甦りの家	富岡幸一郎-解／著者—年
高橋たか子-亡命者	石沢麻依—解／著者—年
高原英理編-深淵と浮遊 現代作家自己ベストセレクション	高原英理—解

講談社文芸文庫

高見順——如何なる星の下に　坪内祐三——解／宮内淳子——年
高見順——死の淵より　井坂洋子——解／宮内淳子——年
高見順——わが胸の底のここには　荒川洋治——解／宮内淳子——年
高見沢潤子-兄 小林秀雄との対話 人生について
武田泰淳——蝮のすえ|「愛」のかたち　川西政明——解／立石 伯——案
武田泰淳——司馬遷—史記の世界　宮内 豊——解／古林 尚——年
武田泰淳——風媒花　山城むつみ-解／編集部——年
竹西寛子——贈答のうた　堀江敏幸——解／著者——年
太宰 治——男性作家が選ぶ太宰治　編集部——年
太宰 治——女性作家が選ぶ太宰治
太宰 治——30代作家が選ぶ太宰治　編集部——年
田中英光——空吹く風|暗黒天使と小悪魔|愛と憎しみの傷に 田中英光デカダン作品集 道籏泰三編　道籏泰三——解／道籏泰三——年
谷崎潤一郎-金色の死 谷崎潤一郎大正期短篇集　清水良典——解／千葉俊二——年
種田山頭火-山頭火随筆集　村上 護——解／村上 護——年
田村隆一——腐敗性物質　平出 隆——人／建畠 晢——年
多和田葉子-ゴットハルト鉄道　室井光広——解／谷口幸代——年
多和田葉子-飛魂　沼野充義——解／谷口幸代——年
多和田葉子-かかとを失くして|三人関係|文字移植　谷口幸代——解／谷口幸代——年
多和田葉子-変身のためのオピウム|球形時間　阿部公彦——解／谷口幸代——年
多和田葉子-雲をつかむ話|ボルドーの義兄　岩川ありさ-解／谷口幸代——年
多和田葉子-ヒナギクのお茶の場合|海に落とした名前　木村朗子——解／谷口幸代——年
多和田葉子-溶ける街 透ける路　鴻巣友季子-解／谷口幸代——年
近松秋江——黒髪|別れたる妻に送る手紙　勝又 浩——解／柳沢孝子——案
塚本邦雄——定家百首|雪月花(抄)　島内景二——解／島内景二——年
塚本邦雄——百句燦燦 現代俳諧頌　橋本 治——解／島内景二——年
塚本邦雄——王朝百首　橋本 治——解／島内景二——年
塚本邦雄——西行百首　島内景二——解／島内景二——年
塚本邦雄——秀吟百趣　島内景二——解
塚本邦雄——珠玉百歌仙　島内景二——解
塚本邦雄——新撰 小倉百人一首　島内景二——解
塚本邦雄——詞華美術館　島内景二——解
塚本邦雄——百花遊歴　島内景二——解

講談社文芸文庫

塚本邦雄——茂吉秀歌『赤光』百首　島内景二——解
塚本邦雄——新古今の惑星群　島内景二——解／島内景二——年
つげ義春——つげ義春日記　松田哲夫——解
辻 邦生——黄金の時刻の滴り　中条省平——解／井上明久——年
津島美知子-回想の太宰治　伊藤比呂美-解／編集部——年
津島佑子——光の領分　川村 湊——解／柳沢孝子——案
津島佑子——寵児　石原千秋——解／与那覇恵子-年
津島佑子——山を走る女　星野智幸——解／与那覇恵子-年
津島佑子——あまりに野蛮な 上・下　堀江敏幸——解／与那覇恵子-年
津島佑子——ヤマネコ・ドーム　安藤礼二——解／与那覇恵子-年
坪内祐三——慶応三年生まれ　七人の旋毛曲り 漱石・外骨・熊楠・露伴・子規・紅葉・緑雨とその時代　森山裕之——解／佐久間文子-年
鶴見俊輔——埴谷雄高　加藤典洋——解／編集部——年
鶴見俊輔——ドグラ・マグラの世界|夢野久作 迷宮の住人　安藤礼二——解
寺田寅彦——寺田寅彦セレクション Ⅰ 千葉俊二・細川光洋選　千葉俊二——解／永橋禎子——年
寺田寅彦——寺田寅彦セレクション Ⅱ 千葉俊二・細川光洋選　細川光洋——解
寺山修司——私という謎 寺山修司エッセイ選　川本三郎——解／白石 征——年
寺山修司——戦後詩 ユリシーズの不在　小嵐九八郎-解
十返肇——「文壇」の崩壊 坪内祐三編　坪内祐三——解／編集部——年
徳田球一・志賀義雄——獄中十八年　鳥羽耕史——解
徳田秋声——あらくれ　大杉重男——解／松本 徹——年
徳田秋声——黴|爛　宗像和重——解／松本 徹——年
富岡幸一郎-使徒的人間 —カール・バルト—　佐藤 優——解／著者——年
富岡多恵子-表現の風景　秋山 駿——解／木谷喜美枝-案
富岡多恵子編-大阪文学名作選　富岡多恵子-解
土門拳——風貌|私の美学 土門拳エッセイ選 酒井忠康編　酒井忠康——解／酒井忠康——年
永井荷風——日和下駄 一名 東京散策記　川本三郎——解／竹盛天雄——年
永井荷風——[ワイド版]日和下駄 一名 東京散策記　川本三郎——解／竹盛天雄——年
永井龍男——一個|秋その他　中野孝次——解／勝又 浩——案
永井龍男——カレンダーの余白　石原八束——人／森本昭三郎-年
永井龍男——東京の横丁　川本三郎——解／編集部——年
中上健次——熊野集　川村二郎——解／関井光男——案
中上健次——蛇淫　井口時男——解／藤本寿彦——年

講談社文芸文庫

中上健次 —水の女　前田 塁—解／藤本寿彦—年
中上健次 —地の果て 至上の時　辻原 登—解
中川一政 —画にもかけない　高橋玄洋—人／山田幸男—年
中沢けい —海を感じる時|水平線上にて　勝又 浩—解／近藤裕子—案
中沢新一 —虹の理論　島田雅彦—解／安藤礼二—年
中島 敦 —光と風と夢|わが西遊記　川村 湊—解／鷺 只雄—案
中島 敦 —斗南先生|南島譚　勝又 浩—解／木村一信—案
中野重治 —村の家|おじさんの話|歌のわかれ　川西政明—解／松下 裕—案
中野重治 —斎藤茂吉ノート　小高 賢—解
中野好夫 —シェイクスピアの面白さ　河合祥一郎-解／編集部—年
中原中也 —中原中也全詩歌集 上・下 吉田凞生編　吉田凞生—解／青木 健—案
中村真一郎-この百年の小説 人生と文学と　紅野謙介—解
中村光夫 —二葉亭四迷伝 ある先駆者の生涯　絓 秀実—解／十川信介—案
中村光夫選-私小説名作選 上・下 日本ペンクラブ編
中村武羅夫-現代文士廿八人　齋藤秀昭—解
夏目漱石 —思い出す事など|私の個人主義|硝子戸の中　石﨑 等—年
成瀬櫻桃子-久保田万太郎の俳句　齋藤礎英—解／編集部—年
西脇順三郎-*ambarvalia*|旅人かへらず　新倉俊一—人／新倉俊一—年
丹羽文雄 —小説作法　青木淳悟—解／中島国彦—年
野口冨士男-なぎの葉考|少女 野口冨士男短篇集　勝又 浩—解／編集部—年
野口冨士男-感触的昭和文壇史　川村 湊—解／平井一麥—年
野坂昭如 —人称代名詞　秋山 駿—解／鈴木貞美—案
野坂昭如 —東京小説　町田 康—解／村上玄一—年
野崎 歓 —異邦の香り ネルヴァル『東方紀行』論　阿部公彦—解
野間 宏 —暗い絵|顔の中の赤い月　紅野謙介—解／紅野謙介—年
野呂邦暢 —[ワイド版]草のつるぎ|一滴の夏 野呂邦暢作品集　川西政明—解／中野章子—年
橋川文三 —日本浪曼派批判序説　井口時男—解／赤藤了勇—年
蓮實重彥 —夏目漱石論　松浦理英子-解／著者—年
蓮實重彥 —「私小説」を読む　小野正嗣—解／著者—年
蓮實重彥 —凡庸な芸術家の肖像 上 マクシム・デュ・カン論
蓮實重彥 —凡庸な芸術家の肖像 下 マクシム・デュ・カン論　工藤庸子—解
蓮實重彥 —物語批判序説　磯﨑憲一郎-解
蓮實重彥 —フーコー・ドゥルーズ・デリダ　郷原佳以—解
花田清輝 —復興期の精神　池内 紀—解／日高昭二—年

講談社文芸文庫

埴谷雄高—死霊 I II III	鶴見俊輔—解／立石 伯—年
埴谷雄高—埴谷雄高政治論集 埴谷雄高評論選書1 立石伯編	
埴谷雄高—酒と戦後派 人物随想集	
濱田庄司—無盡蔵	水尾比呂志-解／水尾比呂志-年
林京子—祭りの場|ギヤマン ビードロ	川西政明—解／金井景子—案
林京子—長い時間をかけた人間の経験	川西政明—解／金井景子—年
林京子—やすらかに今はねむり給え|道	青来有一—解／金井景子—年
林京子—谷間|再びルイへ。	黒古一夫—解／金井景子—年
林芙美子—晩菊|水仙|白鷺	中沢けい—解／熊坂敦子—案
林原耕三—漱石山房の人々	山崎光夫—解
原民喜—原民喜戦後全小説	関川夏央—解／島田昭男—年
東山魁夷—泉に聴く	桑原住雄—人／編集部—年
日夏耿之介-ワイルド全詩（翻訳）	井村君江—解／井村君江—年
日夏耿之介-唐山感情集	南條竹則—解
日野啓三—ベトナム報道	著者—年
日野啓三—天窓のあるガレージ	鈴村和成—解／著者—年
平出隆—葉書でドナルド・エヴァンズに	三松幸雄—解／著者—年
平沢計七—一人と千三百人|二人の中尉 平沢計七先駆作品集	大和田 茂—解／大和田 茂—年
深沢七郎—笛吹川	町田 康—解／山本幸正—年
福田恆存—芥川龍之介と太宰治	浜崎洋介—解／齋藤秀昭—年
福永武彦—死の島 上・下	富岡幸一郎-解／曾根博義—年
藤枝静男—悲しいだけ|欣求浄土	川西政明—解／保昌正夫—案
藤枝静男—田紳有楽|空気頭	川西政明—解／勝又 浩—案
藤枝静男—藤枝静男随筆集	堀江敏幸—解／津久井 隆—年
藤枝静男—愛国者たち	清水良典—解／津久井 隆—年
藤澤清造—狼の吐息|愛憎一念 藤澤清造 負の小説集 西村賢太編・校訂	西村賢太—解／西村賢太—年
藤澤清造—根津権現前より 藤澤清造随筆集 西村賢太編	六角精児—解／西村賢太—年
藤田嗣治—腕一本|巴里の横顔 藤田嗣治エッセイ選 近藤史人編	近藤史人—解／近藤史人—年
舟橋聖一—芸者小夏	松家仁之—解／久米 勲—年
古井由吉—雪の下の蟹|男たちの円居	平出 隆—解／紅野謙介—案
古井由吉—古井由吉自選短篇集 木犀の日	大杉重男—解／著者—年
古井由吉—槿	松浦寿輝—解／著者—年
古井由吉—山躁賦	堀江敏幸—解／著者—年
古井由吉—聖耳	佐伯一麦—解／著者—年

講談社文芸文庫

古井由吉 ―仮往生伝試文　佐々木 中―解／著者―年
古井由吉 ―白暗淵　阿部公彦―解／著者―年
古井由吉 ―蜩の声　蜂飼 耳―解／著者―年
古井由吉 ―詩への小路 ドゥイノの悲歌　平出 隆―解／著者―年
古井由吉 ―野川　佐伯一麦―解／著者―年
古井由吉 ―東京物語考　松浦寿輝―解／著者―年
古井由吉 佐伯一麦 ―往復書簡『遠くからの声』『言葉の兆し』　富岡幸一郎―解
古井由吉 ―楽天記　町田 康―解／著者―年
北條民雄 ―北條民雄 小説随筆書簡集　若松英輔―解／計盛達也―年
堀江敏幸 ―子午線を求めて　野崎 歓―解／著者―年
堀江敏幸 ―書かれる手　朝吹真理子―解／著者―年
堀口大學 ―月下の一群（翻訳）　窪田般彌―解／柳沢通博―年
正宗白鳥 ―何処へ｜入江のほとり　千石英世―解／中島河太郎―年
正宗白鳥 ―白鳥随筆 坪内祐三選　坪内祐三―解／中島河太郎―年
正宗白鳥 ―白鳥評論 坪内祐三選　坪内祐三―解
町田 康 ―残響 中原中也の詩によせる言葉　日和聡子―解／吉田凞生・著者―年
松浦寿輝 ―青天有月 エセー　三浦雅士―解／著者―年
松浦寿輝 ―幽｜花腐し　三浦雅士―解／著者―年
松浦寿輝 ―半島　三浦雅士―解／著者―年
松岡正剛 ―外は、良寛。　水原紫苑―解／太田香保―年
松下竜一 ―豆腐屋の四季 ある青春の記録　小嵐九八郎―解／新木安利他―年
松下竜一 ―ルイズ 父に貰いし名は　鎌田 慧―解／新木安利他―年
松下竜一 ―底ぬけビンボー暮らし　松田哲夫―解／新木安利他―年
丸谷才一 ―忠臣藏とは何か　野口武彦―解
丸谷才一 ―横しぐれ　池内 紀―解
丸谷才一 ―たった一人の反乱　三浦雅士―解／編集部―年
丸谷才一 ―日本文学史早わかり　大岡 信―解／編集部―年
丸谷才一編 ―丸谷才一編・花柳小説傑作選　杉本秀太郎―解
丸谷才一 ―恋と日本文学と本居宣長｜女の救はれ　張 競―解／編集部―年
丸谷才一 ―七十句｜八十八句　編集部―年
丸山健二 ―夏の流れ 丸山健二初期作品集　茂木健一郎―解／佐藤清文―年
三浦哲郎 ―野　秋山 駿―解／栗坪良樹―案
三木 清 ―読書と人生　鷲田清一―解／柿谷浩一―年

講談社文芸文庫

三木清 ——三木清教養論集 大澤聡編 大澤 聡——解/柿谷浩一——年
三木清 ——三木清大学論集 大澤聡編 大澤 聡——解/柿谷浩一——年
三木清 ——三木清文芸批評集 大澤聡編 大澤 聡——解/柿谷浩一——年
三木卓 ——震える舌 石黒達昌——解/若杉美智子–年
三木卓 ——K 永田和宏——解/若杉美智子–年
水上勉 ——才市|蓑笠の人 川村 湊——解/祖田浩一——案
水原秋櫻子–高濱虚子 並に周囲の作者達 秋尾 敏——解/編集部——年
道簱泰三編–昭和期デカダン短篇集 道簱泰三——解
宮本徳蔵——力士漂泊 相撲のアルケオロジー 坪内祐三——解/著者——年
三好達治——測量船 北川 透——人/安藤靖彦——年
三好達治——諷詠十二月 高橋順子——解/安藤靖彦——年
村山槐多——槐多の歌へる 村山槐多詩文集 酒井忠康編 酒井忠康——解/酒井忠康——年
室生犀星——蜜のあわれ|われはうたえどもやぶれかぶれ 久保忠夫——解/本多 浩——案
室生犀星——加賀金沢|故郷を辞す 星野晃一——人/星野晃一——年
室生犀星——深夜の人|結婚者の手記 髙瀨真理子–解/星野晃一——年
室生犀星——かげろうの日記遺文 佐々木幹郎–解/星野晃一——解
室生犀星——我が愛する詩人の伝記 鹿島 茂——解/星野晃一——年
森敦 ——われ逝くもののごとく 川村二郎——解/富岡幸一郎–案
森茉莉 ——父の帽子 小島千加子–人/小島千加子–年
森茉莉 ——贅沢貧乏 小島千加子–人/小島千加子–年
森茉莉 ——薔薇くい姫|枯葉の寝床 小島千加子–解/小島千加子–年
安岡章太郎–走れトマホーク 佐伯彰一——解/鳥居邦朗——案
安岡章太郎–ガラスの靴|悪い仲間 加藤典洋——解/勝又 浩——案
安岡章太郎–幕が下りてから 秋山 駿——解/紅野敏郎——案
安岡章太郎–流離譚 上・下 勝又 浩——解/鳥居邦朗——年
安岡章太郎–果てもない道中記 上・下 千本健一郎–解/鳥居邦朗——年
安岡章太郎–[ワイド版]月は東に 日野啓三——解/栗坪良樹——案
安岡章太郎–僕の昭和史 加藤典洋——解/鳥居邦朗——年
安原喜弘——中原中也の手紙 秋山 駿——解/安原喜秀——年
矢田津世子–[ワイド版]神楽坂|茶粥の記 矢田津世子作品集 川村 湊——解/高橋秀晴——年
柳宗悦 ——木喰上人 岡本勝人——解/水尾比呂志他–年
山川方夫——[ワイド版]愛のごとく 坂上 弘——解/坂上 弘——年
山川方夫——春の華客|旅恋い 山川方夫名作選 川本三郎——解/坂上 弘–案・年
山城むつみ–文学のプログラム 著者——年

山城むつみ	ドストエフスキー	著者―――年
山之口貘	山之口貘詩文集	荒川洋治――解／松下博文――年
湯川秀樹	湯川秀樹歌文集 細川光洋選	細川光洋――解
横光利一	上海	菅野昭正――解／保昌正夫――案
横光利一	旅愁 上・下	樋口 覚――解／保昌正夫――年
吉田健一	金沢|酒宴	四方田犬彦-解／近藤信行――案
吉田健一	絵空ごと|百鬼の会	高橋英夫――解／勝又 浩――案
吉田健一	英語と英国と英国人	柳瀬尚紀――人／藤本寿彦――年
吉田健一	英国の文学の横道	金井美恵子-人／藤本寿彦――年
吉田健一	思い出すままに	粟津則雄――人／藤本寿彦――年
吉田健一	時間	高橋英夫――解／藤本寿彦――年
吉田健一	旅の時間	清水 徹――解／藤本寿彦――年
吉田健一	ロンドンの味 吉田健一未収録エッセイ 島内裕子編	島内裕子――解／藤本寿彦――年
吉田健一	文学概論	清水 徹――解／藤本寿彦――年
吉田健一	文学の楽しみ	長谷川郁夫-解／藤本寿彦――年
吉田健一	交遊録	池内 紀――解／藤本寿彦――年
吉田健一	おたのしみ弁当 吉田健一未収録エッセイ 島内裕子編	島内裕子――解／藤本寿彦――年
吉田健一	[ワイド版]絵空ごと|百鬼の会	高橋英夫――解／勝又 浩――案
吉田健一	昔話	島内裕子――解／藤本寿彦――年
吉田健一訳	ラフォルグ抄	森 茂太郎――解
吉田知子	お供え	荒川洋治――解／津久井 隆――年
吉田秀和	ソロモンの歌|一本の木	大久保喬樹-解
吉田 満	戦艦大和ノ最期	鶴見俊輔――解／古山高麗雄-案
吉田 満	[ワイド版]戦艦大和ノ最期	鶴見俊輔――解／古山高麗雄-案
吉本隆明	西行論	月村敏行――解／佐藤泰正――案
吉本隆明	マチウ書試論|転向論	月村敏行――解／梶木 剛――案
吉本隆明	吉本隆明初期詩集	著者―――解／川上春雄――案
吉本隆明	マス・イメージ論	鹿島 茂――解／高橋忠義――年
吉本隆明	写生の物語	田中和生――解／高橋忠義――年
吉本隆明	追悼私記 完全版	高橋源一郎-解
吉本隆明	憂国の文学者たちに 60年安保・全共闘論集	鹿島 茂――解／高橋忠義――年
吉本隆明	わたしの本はすぐに終る 吉本隆明詩集	高橋源一郎-解／高橋忠義――年
吉屋信子	自伝的女流文壇史	与那覇恵子-解／武藤康史――年
吉行淳之介	暗室	川村二郎――解／青山 毅――案

吉本隆明
わたしの本はすぐに終る
吉本隆明詩集
解説＝高橋源一郎　年譜＝高橋忠義
つねに詩を第一と考えてきた著者が一九五〇年代前半から九〇年代まで書き続けてきた作品の集大成。『吉本隆明初期詩集』と併せ読むことで沁みる、表現の真髄。
978-4-06-534882-6
よB11

加藤典洋
人類が永遠に続くのではないとしたら
解説＝吉川浩満　年譜＝著者・編集部
かつて無限と信じられた科学技術の発展が有限だろうと疑われる現代で人はいかに生きていくのか。この主題に懸命に向き合い考察しつづけた、著者後期の代表作。
978-4-06-534504-7
かP8